講談社文庫

簒奪

奥右筆秘帳

上田秀人

講談社

目次

奥右筆秘帳

簒奪《さんだつ》

◆『簒奪──奥右筆秘帳』の主要登場人物◆

立花併右衛門《たちばなへいえもん》
奥右筆組頭《おくゆうひつくみがしら》として幕政の闇に触れる。麻布箪笥町《あざぶたんすまち》に屋敷がある旗本。

柊《ひいらぎ》 衛悟《えいご》
立花家の隣家の次男。併右衛門から護衛役を頼まれた若き剣術遣《つか》い。

瑞紀《みずき》
併右衛門の気丈な一人娘。

大久保典膳《おおくぼてんぜん》
涼天覚清流《りょうてんかくしんりゅう》の大久保道場の主。剣禅一如《けんぜんいちじょ》を旨《むね》とする衛悟の師匠。

上田《うえだ》 聖《ちから》
大久保道場の師範代。黒田《くろだ》藩の小荷駄支配役《こにだしはいやく》。衛悟の剣友。

田村一郎兵衛《たむらいちろうひょうえ》
併右衛門に刺客を放ったことのある老中太田備中守資愛《おおたびっちゅうのかみすけよし》の留守居役《るすいやく》。

徳川家斉《とくがわいえなり》
十一代将軍。御三卿一橋《ひとつばし》家の出身。大勢の子をなす。

松平越中守定信《まつだいらえっちゅうのかみさだのぶ》
奥州白河《おうしゅうしらかわ》藩主。老中として寛政《かんせい》の改革を進めたが、現在は溜間詰《たまりのまづめ》。

一橋民部卿治済《みんぶきょうはるさだ》
権中納言《ごんのちゅうなごん》。家斉の実父。幕政に介入し、敵対した定信を失脚させた。

永井玄蕃頭《ながいげんばのかみ》
将軍家斉の側役《そばやく》。駿河《するが》からの帰路、襲撃者から衛吾に救われた。

中山備中守信敬《なかやまびっちゅうのかみのぶたか》
御三家水戸《みと》家付け家老。水戸六代藩主徳川参議《さんぎ》治保《はるもり》の弟。

冥府防人《めいふさきもり》
鬼神流《きじんりゅう》を名乗る居合い抜きの達人。大太刀で衛悟の前に立ちはだかる。

絹《きぬ》
冥府防人の妹。一橋治済を〝お館《やかた》さま〟と呼び、寵愛《ちょうあい》を受ける甲賀《こうが》の女忍《おんなしのび》。

大野軍兵衛《おおのぐんべえ》
甲賀組組頭。甲賀の忍であった望月小弥太《もちづきこやた》(冥府防人)を追放した。

村垣源内《むらがきげんない》
家斉に仕えるお庭番《にわばん》。根来流《ねごろりゅう》忍術の遣い手。

覚蟬《かくぜん》
上野寛永寺《かんえいじ》の俊才だったが、公澄法親王《こうちょうほっしんのう》の密命を受け、願人《がんにん》坊主に。

第一章　闇の兄妹

一

暮れ六つ（午後六時ごろ）を過ぎると、東海道を行き来する旅人の姿は少なくなる。宿場というより江戸のはずれと表現すべき品川《しながわ》も同様であった。

品川宿近くにある伊丹屋《いたみや》の寮を出た冥府《めいふ》防人《さきもり》が、天をあおいだ。

「今宵《こよい》はお渡りがなかったか」

「毎日というわけには参りませぬ。御前さまには、ご愛妾《あいしょう》がほかにもおられまする」

引き戸まで見送りに出て来た絹《きぬ》が、小さく答えた。

「そなたが、もっともお気に入りではなかったか」

衆に優れた容姿をもつ妹の絹は、兄である冥府防人から見ても、美しかった。

「わたくしが、お気に入り……とんでもございませぬ。御前さまがわたくしめをお抱きになるのは、ただ一つ」

絹が言葉を切った。

「わたくしが、孕《はら》まない女だからでございまする」

「まだ、むくろじを入れているのか」

冥府防人が確認した。甲賀《こうが》の女忍《おんなしのび》には、どれだけ男とまじわっても妊娠しない方法が伝えられていた。

「そなたが子を産んでくれると、望月《もちづき》の家の再興は近くなる」

「いやしき忍《しのび》の血が流れた子を、御前さまはお望みにはなりませぬ。いや、あらたなお子さまを欲してはおられますまい」

はっきりと絹が首を振った。

「御前さまが望まれているのは、ただ一つ。将軍の座のみ。この世にたった一つしかないものを手に入れるには、敵が少ない方がよいのは当然でございまする」

「わが子も将軍を巡って争う相手か」

絹の話に冥府防人が嘆息した。

「人は取りこぼしたものへ執着する」

「はい。兄上さまも」

「手に入れてみせる。そのためならばなんでもしてくれるわ」

冥府防人は、己《おのれ》を叱咤《しった》した。冥府防人は、旗本への昇格と引き替えに十代将軍の世子家基《いえもと》を暗殺していた。次の甲賀組組頭《くみがしら》の座をなげうってまでもの行動だったが、黒幕田沼意次《たぬまおきつぐ》の失脚によって、夢は消え、主殺しの極悪人として追われる身となっていた。

「それが迷惑なのだ」

背後の闇から不意に声が湧《わ》いた。

「すでに世は固まっている。それを壊そうとしたところで、どうなるものではない。なにより、幕府そのものが安定を欲しているのだ。一人の思惑で動いたところで、なにもできぬ」

「やっと出て来たか。待ちくたびれたぞ」

ゆっくりと冥府防人は振り返った。

「腕は落ちておらぬようだの。いつ気づいた」

闇の一部がより濃くなり、影をつくった。

「十日前だったか」

「なにっ」

あっさりと告げた冥府防人に、影がうめいた。

「ご苦労なことだったな。毎日毎日」

冥府防人が笑った。

「わかっていて、放置していたというのか」

影の声が変わった。

「気づかれていないと思っているほうが、どうかしておる」

「…………」

あきれるような冥府防人の態度に、影が沈黙した。

「で、どうするのだ。昔馴染《むかしなじ》みに免じて、いきなり殺しはしなかったが、いい加減飽きてきた。やるか、逃げるか」

冥府防人は、問うた。

「きさまこそ、消えよ。もう十二分に甲賀は迷惑をこうむったのだ。これ以上、破を甲賀へもたらすな」

「それは甲賀の総意か」

「……そうだ」

「ふっ」

聞いた冥府防人が鼻先で笑った。

「笑うか」

影が怒鳴《どな》った。

怒声に眉《まゆ》一つしかめることなく、冥府防人は言った。

「一枚岩を誇った甲賀も情けないことだ」

伊賀《いが》の一人働き、甲賀の組働きという。伊賀忍者は一人で自在に動くことを得意としているのに対し、甲賀は一丸となって任を果たすことで名をなしていた。個々に仕事を受ける伊賀と違い、甲賀は国一つあげて一人の主君に仕えた。

「黙れ」

さらに影が激昂《げっこう》した。

「大野軍兵衛《おおのぐんべえ》は、そこまで馬鹿ではない。甲賀組組頭《くみがしら》は伊達で勤まらぬ。あやつは、もう少し先が見える。このままでは、甲賀が滅びていくしかないことを知っている」

「黙れと申したぞ」

「話しかけてきたのは、そちらだ」

あっさりと冥府防人は、いなした。

少し離れたところで、冥府防人と影一人の遣《や》り取《と》りを見ている者がいた。

「参丸《さんまる》が、興奮しすぎているのではないか」

「いや、あれも手管《てくだ》よ。ああやって感情をぶつけていれば、小弥太《こやた》の目は参丸に引きつけられる」

「なるほどな。囮《おとり》というわけか」

「小弥太がもう少し参丸へ近づいたならば……」

「絹をやるのだな。市丸《いちまる》」

「うむ。絹に一橋《ひとつばし》さまの手がついていることが問題だからの。絹が死ねば、主殺しをおこなった小弥太など、弊履《へいり》のごとく捨てられよう。一橋さまの庇護《ひご》がなくなれば、小弥太は終わりだ」

市丸が述べた。

「そろそろだ。気を引き締めろ、丹丸《にまる》」

「おう」

丹丸がうなずいた。

「甲賀が滅びるとすれば、それは小弥太、おまえのせいだ。おまえが田沼ごときに操られ、十一代さまとなるべき御嫡子家基さまを殺《あや》めた。あの一件でどれだけ甲賀が、幕府から冷たくあしらわれたか、わかっておるのか」

参丸が告げた。

「しかし、甲賀は潰《つぶ》れておらぬ。吾《われ》は過去にさかのぼって、いないこととされたが、おまえたちにはなんの咎《とが》めもなかった」

「いつまでも無事とはかぎるまい。いつかかならず徳川の血統へ手出しした報いは来る。それを避けるには、甲賀の手できさまを葬《ほうむ》るしかないのだ」

「やれるか。きさまごときで」

返答は手裏剣《しゅりけん》であった。

「ふっ」

飛んできた手裏剣を、冥府防人は、抜く手もみせず鞘走《さやばし》らせた脇差《わきざし》で、すべて叩《たた》き落とした。

甲賀忍者が好んで使う手裏剣は、伊賀の棒《ぼう》手裏剣とは違って、薄い鉄の板を木の葉型に切り、刃をつけたものである。棒手裏剣のように、あたれば骨をくだくほどの威力はないが、かすっただけで血脈を裂く。うかつに避ければ、背後の絹へ被害が行きかねないと、冥府防人は立ちはだかった。

「やはり、妹を護《まも》っているな」

市丸がほくそ笑んだ。

「やれ、参丸」

聞こえない距離ながら、市丸は指示した。

「しゃっ、しゃっ」

参丸が続けざまに手裏剣を撃ってきた。

「…………」

冥府防人は、的確に脇差で叩きながら、じりじりと間合いを詰めた。

「……はっ」

一間（約一・八メートル）ほど近づいたところで、冥府防人も懐《ふところ》から手裏剣を出して放った。

冥府防人の使用した手裏剣は、参丸のものと違っていた。参丸のものより肉厚で、空気を裂いてまっすぐに向かった。

「くっ」

参丸がかろうじてかわした。冥府防人の手裏剣は、参丸の急所を的確に狙ってきた。

「…………」

無言で参丸が、少し下がった。

「はっ」

耳を澄まさねば聞こえないほどのかすかな気合いを発しながら、冥府防人は追った。

「遊んでおられる」

遠ざかる兄の背中に、絹が嘆息した。

冥府防人が離れた瞬間を、市丸と丹丸は逃さなかった。一息で戻れない間合いまで冥府防人が踏みだしたとたん、二人が飛んだ。伊丹屋の寮、その隣の家の屋根から市丸と丹丸は、一息で絹まで迫った。

「悪く思うな。甲賀のためぞ」

丹丸が勢いをつけて忍刀《しのびがたな》を突きだした。

「…………」

まっすぐ胸目がけて襲い来た白刃を、絹は顔色一つ変えずに迎え撃った。右袖《みぎそで》がひるがえったとき、丹丸の両手が消えた。

「えっ」

ふいに軽くなった手先へ目をやって、丹丸が間抜けな声をあげた。両手が肘《ひじ》からきれいになくなっていた。

「こいつ」

あわてて市丸が、斬りかかった。

「…………」

真っ向からくる忍刀を、絹は身体《からだ》を回すことでかわした。

「ちっ」

急いで落ちていく忍刀を止め、薙《な》ぎへと変えた市丸の腕は称賛に値したが、これも空を切った。

絹はその場で飛びあがり、寮の格子戸へ足でぶら下がって見せたのだ。

「なにっ」

三撃目を出すことはできなかった。逆さになった絹が振った袖《そで》は、市丸の目を叩《たた》き潰《つぶ》していた。

「ぎゃっ」

視力を失った市丸が悲鳴をあげた。

両腕を斬り落とされた丹丸、両目を潰された市丸と、二人の甲賀者は抵抗するだけの力をなくした。

激痛で身動きさえ満足にできない二人の甲賀者の側《そば》へ、絹は屈《かが》みこんだ。

「わたくしは御前さまの警固《けいご》なのでございます。いわば、御前さまがもっとも無防備となられる閨《ねや》での近衛《このえ》」

艶《あで》やかな小袖を身にまとった絹は、その姿とはかけ離れた言葉を綴《つづ》っていた。

「幾重《いくえ》にも張りめぐらされた警固の陣を乗りこえてきた刺客を迎えるのが、わたくしなのでございまする。甲賀の忍ごとき、相手になるとお思いか」

「お、おのれ……」

苦痛に耐えながら、市丸が叫んだ。

「あきらめの悪いお方は、好みではありませぬ」

あっさりと絹は、袖に仕込んだ刃で、市丸の喉《のど》を掻《か》ききった。

「わあ、わあ、わあ」

市丸の喉から噴出した血を浴びて、丹丸が恐慌に陥《おちい》った。

絶息した市丸を後に、絹は襟元《えりもと》に忍ばせてあった針を抜き、丹丸の隣へと移った。

「悪くお思いにならないでくださいませ」

やさしくその耳にささやいて、絹は丹丸の心臓へと針を突き刺した。

「かふっ」

一度背中で跳ねて、丹丸が死んだ。

「後始末をせねばならぬな」

終わるのを待っていたかのように、冥府防人が戻ってきた。

「逃がされたのでございますね」

兄の冥府防人を見て、絹が言った。

「ああ。おまえが強いということを報《しら》せておかねば、またおなじことをやってくれるからな」

倒れている二人を、冥府防人が軽々と担《かつ》ぎあげた。

「血の跡は頼んだ」

「はい。土ごと洗い流しましょう。御前さまがお見えになられるまえに跡形も残さず清めておきまする」

「ではな」

冥府防人は、伊丹屋の寮を後にし、その足で品川の海へと向かった。

「浮いてくるな。忍の末期を他人に晒《さら》すという、情けないまねをしてくれるなよ」

かつては仲間だった死体にそう告げると、冥府防人は脇差で二人の腹を裂き、海へと捨てた。

「絹にまで手出しをしたということは、甲賀へ圧をかけた者がいるか。御前が邪魔になったか。絹を殺せば、吾が離れると読んだ。吾がいなくなれば、御前を護れる者は、誰もいなくなる」

漁《いさ》り火《び》もない品川の海を見ながら、冥府防人は沈思した。

「上様、あるいは、白河《しらかわ》ならば、お庭番《にわばん》を使おう。絹でもお庭番の相手は難しい。なにより、伊賀者ではなく、甲賀を使ったは、御用部屋の総意でない証拠。となれば、誰か一人の思惑ということになるか」

伊賀者はお庭番が来て以降、将軍家隠密御用からはずされ、御用部屋の指示で動くようになっていた。

「面倒を増やしてくれるわ。まあ、奥右筆《おくゆうひつ》が先を見えておらぬ今ならば、まだいいが……」

冥府防人は、海へ背を向けた。

二

側役《そばやく》は将軍の命を御用部屋へ運ぶのが任である。もとは五千石格近習《きんじゅ》出頭人であったのを、五代将軍綱吉《つなよし》が一万石の譜代《ふだい》大名に引きあげ、権威を持たせた。要件の内容によっては将軍への取りつぎを拒否するだけの権をもち、諸役人に一目置かれる存在であった。

しかし、将軍から政《まつりごと》の実権が老中たちへ移るにつれ、その役目は形骸となり、現在では京都所司代《しよしだい》、大坂城代、若年寄《わかどしより》へ抜擢《ばつてき》されていく者の待機役となっていた。それでも名前のとおり、出務する日は将軍の側にいるのが仕事である。

「玄蕃頭《げんばのかみ》、なんぞおもしろい話はないか」

政務にあきた家斉《いえなり》が問うた。

将軍の政務は午前中と決まっている。すでに主たる用件はかたづき、残るは家斉が花押《かおう》を入れるだけとなっていた。

「おもしろい話でございまするか」

声をかけられた側役永井《ながい》玄蕃頭が、困った顔をした。側役といえども大名である。少なくない家臣にかしずかれ、外出もままならぬ身分には違いないのだ。永井玄蕃頭に、それほど話題があるはずもなかった。

「はて……」

困っている寵臣《ちようしん》へ、家斉が助け船を出した。

「先日、駿府《すんぷ》まで行ったではないか、あのときの旅のことなどを聞かせよ」

「旅でございますか」

永井玄蕃頭が確認した。

「そうじゃ。そなたたちは参勤で国元と江戸を行き来するゆえ、旅などめずらしくもないのだろうが……」

家斉が、不満そうな顔をした。

「躬《み》は、この城を出ることさえできぬのだ。旅とはどういうものか、興味をもって当然であろう。ここにおる小姓《こしよう》たちもそうじゃ。旗本は許しなくして江戸を離れることが禁じられておる。玄蕃頭のように大名となればよいが、ほとんどは旗本のまま生涯を終える。この者たちも聞きたいと思っておるぞ」

言われて永井玄蕃頭が、御休息の間にそろう一同を見た。小姓たちもうなずいた。

「上様の仰《おお》せとございますれば、お話しさせていただきましょう」

永井玄蕃頭が、語り始めた。

「旅でなによりの楽しみは、やはり食事でございましょう」

「それほどに違うか」

判で押したように同じものばかり食べさせられている家斉が、ぐっと身を乗りだした。

「はい。わたくしめも一応大名の端に席を連ねておりまするゆえ、参勤のおりには、米や味噌《みそ》などを持参いたしまするが、先日の駿河《するが》までは御用旅でございましたので、本陣の供する夕餉《ゆうげ》を口にしました。その土地土地でこれほど野菜の味などもかわるかと驚きましてございまする」

思いだすように永井玄蕃頭は話した。

「うまいのか」

「両方でございまする。これは美味というときもございますれば、とても喰《く》えたものではないと感じることもございました」

「他には、なにがある」

輿が乗ってきたのか、家斉が先を望んだ。

「上様に申しあげるもなんでございまするが、旅の楽しみの一つに温泉というものがございまする」

「温泉か、聞いたことはあるぞ。地から温かい水が出ておるそうだの」

「仰《おお》せのとおりでございまする。とくに箱根《はこね》の湯は有名でございまする。なんでも土地の者に言わせれば、万病に効くとのことで、かの水戸光圀《みとみつくに》さまもお見えになったとか」

「御三家の水戸がか。ふうむ。躬も行ってみたいの」

家斉が、ねだった。

「もっとも水戸光圀さまは、ご隠居なされてからだそうでございまするが……」

それとなく永井玄蕃頭が釘をさした。

「……そうか」

つまらなそうに家斉が、浮かしていた腰を落とした。

「他にはなにがある」

「さようでございますな……」

永井玄蕃頭の話は、家斉の花押を求めに来た老中太田備中守資愛《おおたびっちゅうのかみすけよし》が来るまで続けられた。

「玄蕃頭」

用件を終えて家斉の前から下がった太田備中守が、永井玄蕃頭を呼んだ。

「なにか……」

永井玄蕃頭は、太田備中守に誘われて御休息の間の外へ出た。

「いかに上様のお求めとはいえ、旅の話などをお聞かせするなど、ちと心遣《こころづか》いがたりぬのではないか。上様はこのお城から出られることさえかなわぬのだ。出られたとしたところで、せいぜい増上寺《ぞうじょうじ》、寛永寺《かんえいじ》などへ参詣なさるか、遠くとも日光《にっこう》までお出ましになるが精一杯ぞ。かえってお心をお苦しめまいらせる行為である」

「気のつかぬことをいたしました」

すなおに永井玄蕃頭が詫《わ》びた。

「うむ。そなたもいずれ、御用部屋へ名を連ねるのだ。言動にはいっそうの注意をせねばならぬ。よいな」

「ご忠告身に染みましてございまする」

永井玄蕃頭が頭をさげた。

側役も小姓番や書院番《しょいんばん》などと同じく、三日に一度の勤務であり、丸一日江戸城で過ごすことになっていた。

宿直《とのい》を終えた永井玄蕃頭は、翌朝、使用した夜具を御殿坊主に持たせて、出迎えの家臣たちと合流した。

「留守中なにかあったか」

屋敷へ戻った永井玄蕃頭が、いつものように用人佐藤記右衛門《さとうきえもん》へと問うた。

「ご面会を求めてこられた方が数人おられました。お名前はこちらに控えておりまする」

佐藤が紙を出した。

側役は次代の権力者である。その知遇を得たいと願う大名旗本は多い。役目を望む者、国替えを求める者、それぞれの目的は違っても、家斉の近くにいる永井玄蕃頭の力を頼って来る。

「……まだ来ておらぬな」

名前と音物《いんぶつ》を並べて書いてある紙を、永井玄蕃頭が置いた。

「どなたでございましょう」

誰のことかと佐藤が尋《たず》ねた。

「柊《ひいらぎ》衛悟《えいご》よ」

「あの道中で助力してまいった者でございますな」

用人は、藩内の事情すべてにつうじていなければつとまらない。佐藤はすぐに理解した。

「次男で養子先がないと申しておったゆえ、訪ねてくるようにと申しつけたのだが……」

「よほどお気に召したのでございますな」

佐藤が笑った。

側役から養子先を紹介されるというのは、将来の執政とひとかたならぬかかわりができることであった。幕府で出世して行くに必要な引き、それも大きな縁故を持つのだ。

娘しかいない旗本はもちろん、衰退する家運に嘆く者ならば息子を廃嫡してでも永井玄蕃頭の推薦する養子を迎えたがることはまちがいなかった。

「武にすぐれ、奥ゆかしい。あれこそ旗本よ。浪人ならば、家臣として召し抱えたいほどじゃ」

神君徳川家康《とくがわいえやす》の書付を護って駿河から江戸へ戻る途中襲撃された行列を、救った衛悟の姿を永井玄蕃頭は忘れていなかった。

「一刀で一人の敵が屠《ほふ》られる。あの強さは、目に焼きついておるわ」

「それほどまでにお気に入られたのでございましたら、こちらから呼びだされてはいかがでございましょう。殿のもとを訪ねるには、身分から申してなかなかつろうございましょう」

衛悟が二百俵評 定所与力《ひょうじょうしょよりき》柊賢悟《けんご》の弟だと佐藤は知っていた。

「ふむ。遠慮しておるというか。あの者ならば、そうやも知れぬ。よし、幸い、明日と明後日は非番じゃ。佐藤、よい案はないか」

納得した永井玄蕃頭が問うた。

「昼餉《ひるげ》に招くというのはいかがでございましょう。昼ならば、門限にかかることもなく、茶会風にいたしますれば、格式も気にせずとすみましょう」

「なるほど。それはよい。さっそくに手配をいたせ」

「承《うけたまわ》りましてございまする」

すぐに佐藤は動いた。

大名や役に就いている旗本の屋敷を調べることは難しくなかった。町の書物屋が発行している武鑑《ぶかん》を紐解《ひもと》けばすむ。しかし、評定所与力という軽い役目までは載っていない。佐藤は、心利《き》いた者を評定所へ向かわせた。

評定所は、幕府における最高評決の場である。その権威は高く、用もない者がなかに立ち入ることはできなかった。

佐藤に言いふくめられていた家臣は、評定所の門番へ柊のことを問うた。

「側役さまの……柊さまなら麻布《あざぶ》箪笥《たんす》町《まち》でございまする」

ここでも側役の名前は大きく、すぐに柊家の屋敷が知れた。

「ご苦労だった」

調べてきた者をねぎらった佐藤は、みずから麻布箪笥町へと出向いた。

旗本の屋敷に表札はない。あらかじめ絵図などで見ておくか、近づいてから人に問うて目的の屋敷を探すのが慣習であった。それでも二百俵ていどの小旗本屋敷は、身を寄せ合うように固まっていて、なかなか判別できなかった。

「ここか」

夕刻近くになって、ようやく佐藤は柊家を見つけた。

「非番であればいいが……」

評定所の与力は城で勤める番方《ばんかた》と違い、十日に一度ほど休みを自前でとるだけで、連日勤務である。

「御免《ごめん》、柊さまが、お屋敷はこちらでござろうか」

飛ぶ鳥を落とす側役の用人であるが、身分では陪臣《ばいしん》でしかない。禄高《ろくだか》も少ない柊家に対しても、ていねいな口調であった。

「あいにく主人は、御用で出ておりまするが、どちらさまで」

訪問に応じた門番小者《こもの》が、見なれない佐藤に首をかしげた。

「これは失礼をいたした。拙者、側役永井玄蕃頭が用人で佐藤と申す者。こちらの柊衛悟どのへ、主《あるじ》の伝言を持って参りましてござる」

「……ひえっ。側役さまの。し、しばらくおまちくださいませ」

小者があわてて引っこんだ。

すぐに奥から代わって柊賢悟の妻幸枝《ゆきえ》が走り出てきた。

「柊賢悟の家内でございまする。義弟に御用とうかがいましたが、なにかご無礼でもいたしましたのでしょうか。なにぶん、いまだ一人前というには不足しております部屋住みの者。お気に召さぬことをしでかしたといたしましたならば、なにとぞご寛恕《かんじょ》のほどを」

「お内儀どの、早合点をなさいますな」

あわてる幸枝に、安心させるよう佐藤が笑った。

「主は、柊衛悟さまを昼餉にお招きし、ぜひとも剣談などをお聞かせいただきたいと」

「昼餉……」

幸枝が絶句した。

「お差し支えなければ、明日の正午、大名小路の永井家上屋敷までご足労願いたいとお伝えくださいませ」

佐藤は用件を述べて、柊家を辞した。

「これはえらいことに……」

とっくに佐藤の姿はなくなっていたが、幸枝はまだ玄関で座ったまま呆然《ぼうぜん》としていた。

「耕三《こうぞう》は、いますか」

我に返った幸枝が呼んだ。

耕三は、半期雇いの中間《ちゅうげん》である。与力は職場に向かうに、弁当や着替えなどを入れた挟み箱《はさみばこ》持ちを一人連れていくのが決まりとなっていた。かといって役目を離れてしまえば、不要になる。それを避けるため、半年ごとの更新で一人雇っていた。

「お呼びで」

賢悟の出務につきあったあと退勤までの間、耕三は柊家に戻り、使いや庭仕事、ちょっとした家屋の破損修理などの雑用をおこなっていた。

「すぐに道場まで出向いて、衛悟どのを呼んできておくれ」

「へい」

やりかけていた生け垣の剪定《せんてい》を止めて、耕三が走っていった。

涼天覚清流大久保《りょうてんかくしんりゅうおおくぼ》道場で衛悟は後進に稽古《けいこ》をつけていた。そこへ血相を変えた耕三が駆けてきたのだ。

「瑞紀《みずき》どのになにかあったか」

衛悟は思わず耕三に詰め寄った。

「い、いえ。奥さまがすぐにお戻り願うと……」

胸ぐらを摑《つか》まれそうになった耕三が、あわてて答えた。

「義姉《あね》上がか」

不思議なこともあると衛悟は首をかしげた。

「詳細は、お戻りなされてからお訊《き》きなされてくださいませ」

「わかった」

持っていた竹刀《しない》を衛悟は道場の壁際《かべぎわ》へ置いた。

「すまぬ。あとを頼む」

「ああ。なにがあったかは知らぬが、こちらは引き受けた」

師範代を務める黒田《くろだ》藩士上田聖《うえだちから》が、うなずいた。

「先に行く、あとから来い」

剣士の鍛えられた足は疾《はや》い。衛悟は、耕三を置き去りにした。

「明日のお昼、永井玄蕃頭さまのお屋敷へ行きなさい」

帰った衛悟を迎えたのは、義姉の命令だった。

「永井玄蕃頭さまでございますか……」

衛悟はすっかり忘れていた。隣家奥右筆組頭立花併右衛門《たちばなへいえもん》が鑑定した家康の書付《かきつけ》を江戸へ送る行列の差配をした側役であると思いだすのにときはかからなかったが、なぜ昼餉を共にするのかは理解できなかった。

「剣談をお聞きになりたいとのこと」

「……はあ」

生返事をした衛悟は、幸枝の次の言葉に絶句することとなった。

「明日まで屋敷を出られてはなりませぬ。衛悟どのは、ときどきふっと帰ってこられないことがございますゆえ」

「しかし、それでは、立花どののお迎えが……」

「立花さまのお迎え……」

言われた幸枝もとまどった。奥右筆組頭の権は、場合によって側役をも上まわることがある。

「殿さまがお戻りになったら、ご判断いただきます」

幸枝が責任を夫に押しつけた。

評定所与力は、閑職である。評定があれば、後片付けや書付の整理などで、夕刻を過ぎることもあったが、ほとんど下城時刻の七つ（午後四時ごろ）に評定所をさがり、七つ半（午後五時ごろ）前には、帰宅していた。

「なんと、側役さまからか」

妻から説明されて、賢悟も跳びあがった。

評定所は老中や若年寄、町奉行をはじめとする三奉行、目付《めつけ》などが出入りする。しかし、見かけるだけで、身分が違いすぎる与力では声をかけることなど考えられなかった。側役などまさに雲上人であった。

「どこでお目にかかったのだ」

賢悟が問い詰めた。

「……それは」

衛悟は答えられなかった。併右衛門の警固で東海道を駿府まで往復したことは、賢悟に告げていない。旗本は許可なく江戸を離れてはいけないのだ。届け出をする間がなかったとはいえ、一つまちがえば、柊家を潰しかねない行動である。無事にすんだからと、語ることはできなかった。もっとも奥右筆組頭である併右衛門のためにしたことである。書類などいくらでもごまかせたが、衛悟は併右衛門に負担をかけるつもりはなかった。

「どうした、言えぬのか」

「……そういうわけでは……」

「ならば申せ。いつ永井さまの知遇を得たのだ」

重ねて賢悟が訊《き》いた。

「立花どのが、ご紹介でござる。詳細は、立花どのにお問い合わせ願いたく」

衛悟は逃げた。

「……立花さまか」

一瞬、口ごもった賢悟だったが、このまま知らずにいるわけにはいかないと決意したらしく、はっきりと言った。

「後ほど立花さまを訪ねさせていただくと、お伝えしてくれ」

賢悟は衛悟に告げた。

「では、お迎えに」

「かまわぬ。約定《やくじょう》とあれば、破るわけにはいくまい。しかし、衛悟、いつになったら立花さまは、そなたの養子先を見つけてくださるのだ。いまだに一つのお話もないのは、いくらなんでも」

うかがうように賢悟が衛悟を見た。

旗本の次男ほど哀れな存在はなかった。次男は長男に万一があったときの控えとして、相続が無事にすむまで実家に留め置かれるのだ。三男以下は、早いうちから養子先を探しだすので、年ごろとなるころには、実家を出ているが、残された次男は適齢を過ぎてしまうこととなる。

嫁入り同様、養子にも適当な歳ごろがある。それをこえてしまうとなかなかよい行き先が見つからなくなる。そのうえ、長男が嫁をもらい子でもできてしまえば、次男はまったくの邪魔者となってしまう。母屋にあった部屋を取りあげられ、離れか台所隅《すみ》の小部屋へ移され、兄と同じであった食事も品数を減らされ、共にとることさえ許されなくなる。世間で言う厄介叔父《やっかいおじ》に落ちるのだ。

衛悟はその典型であった。

「はあ……」

養子先の斡旋《あっせん》がないのは、衛悟も不満である。最初併右衛門の用心棒となるときに取り決めたのは、月二分の給金と、養子先の紹介であった。給金はきっちりと支払われたが、養子先については、いっさい話さえでない。

「そのことについても、お話しする。よいな」

賢悟の言葉の裏を読めないほど、衛悟は世間知らずではなかった。併右衛門の返答次第では、用心棒を辞めさせる気だと衛悟はさとった。

「それは……」

併右衛門の抱えているものを知っている、いや、共に命をかけて戦ってきただけに、衛悟はとまどった。

「口出しは許さぬ。いつまで、そなたは屋敷におるつもりだ。厄介叔父をずっと抱えておるなど、柊家の恥だと気づかぬのか」

きびしい声で賢悟が言った。

弟たちの養子先を探すのは、跡継ぎの仕事であった。できなければ無能との評判がたち、出世はおろか役目を失うことにもなりかねない。

「……わかりましてございまする」

武家で当主の命は絶対であった。衛悟は首肯《しゅこう》するしかなかった。

「では、行って参りまする」

これ以上屋敷にいては面倒と、衛悟は、そそくさと立ちあがった。

「うむ」

賢悟もそれ以上衛悟を止めなかった。

三

奥右筆は激務であった。将軍家の内々を預かる表右筆と違って、幕政のすべてにかかわるのだ。それこそ城内で使う落とし紙の購入から、どこの大名を取り潰すかまで、奥右筆の筆がかならず必要であった。

奥右筆は二百俵高、お四季施《しきせ》代年二十四両二分を支給される。定員は十三人、その任は、老中へ回された出納《すいとう》の調査をする勝手掛、犯罪を担当する仕置き掛《がかり》など七つに分かれていた。

多種にわたる職能をまとめあげているのが、奥右筆組頭である。四百俵高、布衣《ほい》格を与えられ、ことによっては老中へ進言することも許されていた。

幕府へ出されるすべての書付を差配するのである。早くとおすも遅くするのも奥右筆組頭の胸三寸なのだ。身分としては勘定吟味役《かんじょうぎんみやく》の下であったが、御三家といえども付け届けを欠かさないだけの権を誇っていた。

「お先に失礼いたす」

同役の加藤仁左衛門《かとうにざえもん》が、立ちあがった。

「わたくしもそろそろ終わりにいたしまする」

立花併右衛門も筆を洗った。

奥右筆組頭が筆を洗えば、そのあとの書付はすべて明日になる。どれほど火急の用、老中筆頭の依頼でも、変えることのできない不文律であった。

まもなく暮れ六つ（午後六時ごろ）になる。江戸城の各門が閉じられる刻限である。

「急がねば……」

併右衛門は、足を早めた。

外桜田門《そとさくらだもん》を出たところで、併右衛門は待っている衛悟を見つけた。

「待たせたな」

「いえ。さきほど来たばかりで」

衛悟が首を振った。

「なにかあったのか」

聞いた併右衛門が目を細めた。

何度となく併右衛門は帰途襲われている。警固に雇われた衛悟の活躍で何とかしのぎきっては来たが、いまでも敵は諦《あきら》めていない。いつどこで襲われても対処できるよう、普段の衛悟ならば、半刻（約一時間）は前に来て、周囲の安全を確認している。それが、今日にかぎって、ぎりぎりだったと言ったことに、併右衛門は疑問を持った。

「歩きながらでよろしいか」

「よかろう」

説明すると口にした衛悟に、併右衛門はうなずいた。

「じつは……」

衛悟は永井玄蕃頭からの招待があったことを告げた。

「玄蕃頭さまからか……」

併右衛門もすっかり失念していた。家康の書付は、無事江戸に運ばれた。しかし、その内容に差しさわりがあったため、将軍の目に触れることなく、いまだ奥右筆部屋の奥深くにしまわれたままであった。

側役まで動員して駿府から行列をしたてたものを、なかったことにしてのけたのだ。多くの人がかかわった移送のつじつまをあわすため併右衛門は忙殺され、永井玄蕃頭が衛悟に養子先を紹介すると言っていたことを思いだしもしなかった。

「それと今夜、兄がお目にかかりたいと申しております」

「賢悟どのが……なるほどな」

すぐに併右衛門は気づいた。

「養子先の催促か」

併右衛門は苦笑した。

「申しわけありませぬ」

のちほど兄が口にするであろう無礼を、衛悟は先に詫びた。

「よい。事実一度も紹介しておらぬのだからな」

「しかし……」

当初養子先に釣られた衛悟だったが、死地をくぐり抜けていくことで、併右衛門の想いを理解し、その身を護りたいと考えていた。そして衛悟は、養子先の斡旋を一件が片づくまで伸ばしてもいいと思い始めていた。

「かまわぬ。もともと儂《わし》の身からでたことだ。なにより、もう十二分にしてもらったからの。賢悟どのが衛悟を返せと言われるならば、従うのみ」

淡々と併右衛門は言った。

「立花どの……」

感情のこめられていない返答に、衛悟が失意の表情を見せた。

外桜田門から立花家までは、小半刻《こはんとき》（約三〇分）ほどであった。

「お戻りいいい」

すでに開かれている立花家の大門前で、先触れの中間《ちゆうげん》が大声をあげた。

「お帰りなさいませ」

玄関で併右衛門の一人娘瑞紀が出迎えた。

「うむ。今戻った」

太刀を娘に預けながら、併右衛門が続けた。

「今宵、柊賢悟どのが、お見えになるそうだ。夕餉《ゆうげ》を急いで頼む」

「賢悟さまが……」

ちらりと瑞紀が衛悟を見た。

「お手数をおかけする」

衛悟は、用件を口にしなかった。

「承知いたしましてございまする。では、急ぎ夕餉の用意を。衛悟さまもどうぞ」

そう言って瑞紀は奥へと入っていった。

最近、衛悟は立花家で、昼と夜の二回食事を出してもらっていた。

「馳走《ちそう》になりもうした」

いつもよりお代わりを少なめに、衛悟の食事は終わった。

「では、賢悟どのを呼んできてくれ」

ご飯のお代わりをしない併右衛門はすでに夕餉を終え、白湯《さゆ》を喫していた。

「はっ。よしなにお願い申しあげまする」

衛悟は立花家を後にした。

役目からすると天と地ほどの差がある賢悟と併右衛門だが、訪問するときは互いに当主としての格式でいく。

賢悟を迎えるために、立花家の大門がふたたび開かれた。

「夜分にご無礼をいたしまする」

衛悟をしたがえた賢悟が、玄関先で深いおじぎをした。

「いや、役目がら帰宅が遅くなるうえ、休みもなかなか取れぬでな。会うとなれば、どうしても夜間となる。こちらこそ、申しわけなく思う」

併右衛門は軽く頭をさげた。

「お上がりになられよ」

併右衛門にうながされて、賢悟と衛悟は客間へととおった。

「ご重責なお役目、さぞやご心労も……」

「いや賢悟どの、刻限も遅い。急《せ》かすようで悪いが、用件をお願いしたい」

長々とした口上を述べ始めた賢悟を制して、併右衛門が先をうながした。

「さようでございますか、ならば」

ちょっと鼻白んだ賢悟だったが、すぐに気を取りなおした。

「では、遠慮なくお話しをさせていただきまする。吾《わ》が弟衛悟が、立花さまのお供をするようになってかなりのときが経《た》ちましてございまする。ああ、これについてなにか苦情があるわけではございませぬ。衛悟は心遣いをいただいておるようで、感謝しておりまする」

賢悟は金の話を最初にした。

「こちらこそ、衛悟どののおかげで助かっておる」

ふたたび併右衛門が軽く頭をさげた。

「……立花さま」

意を決したように、賢悟が正面から併右衛門を見つめた。

「衛悟に養子先をご紹介くださるとお約束くださったと聞いておりまする」

「……たしかに。そう言った記憶はある」

賢悟の言葉に、併右衛門はうなずいた。

「ご存じのとおり、衛悟もすでに一家の当主として十分な年齢。いや、はっきり申しましょうぞ。養子となるによき歳ごろは過ぎておりまする」

「…………」

「いかがでございましょうや。衛悟も婿入《むこい》りした先で、子をなさねばなりませぬ。あまり歳経てからでは、跡継ぎのことでよろしくないかと存じまする。よき養子口をご紹介くださるとは信じておりまするが、早急にお願いできませぬでしょうか」

まっすぐに賢悟が述べた。

「いちいちごもっともでござる」

賢悟の要望を、併右衛門は正当だと認めた。

「言いわけになるが、儂もこころあたりはさがしておったのだ。旗本二百俵柊家の次男が養子へ行くにふさわしい家をな。御家人でよければ、いつでも、それこそ明日にでも衛悟をやれる」

併右衛門が衛悟を呼び捨てにした。

「それではいかぬであろ。三百石とはいわずとも、せめて実家と肩を並べる二百俵以上で、目通りのかなう家柄。さらに番方であれば、衛悟の剣の腕が役立つかも知れぬ。新番にでも選ばれれば、行く末目付も夢ではない。そう考えて、よきところをと思案していたのだが、たしかに言われるとおり、時期を逸しては意味がないの」

「そこまで……」

賢悟が感動した。

「…………」

言われた衛悟は苦笑していた。併右衛門の話は嘘《うそ》でないとわかっているが、実際は探し始めてさえいないことを知っていた。

「失礼いたしまする」

涼やかな声をかけて、客間の襖《ふすま》を開けた瑞紀が顔を出した。

「お茶をお持ちいたしました」

瑞紀が賢悟、併右衛門、衛悟の順に茶を出した。

「ふん」

併右衛門が鼻を鳴らした。身分に差があろうとも、客から先に出すのは礼儀である。今は、賢悟、衛悟、併右衛門の順が正しい。それを瑞紀は衛悟を最後に持って来た。これは衛悟は身内であるとの意思表示であった。

「これは、畏《おそ》れ入りまする」

賢悟が恐縮した。

茶は贅沢品《ぜいたくひん》である。二百俵のぎりぎり旗本でしかない柊家では、まず口にすることなどできなかった。

三人が一様に茶を啜《すす》る間、客間を沈黙が包んだ。

「……賢悟どのよ」

湯呑みを置いた併右衛門が呼びかけた。

「お話は承った。早急に衛悟どのの養子先を用意いたそう。もっとも多少の瑕瑾《かきん》は有るやも知れぬが、ときを逃すわけにはいかぬとのお言葉ゆえ」

併右衛門が終わりを宣告した。

「いや、それは……」

賢悟があわてた。

「瑞紀、柊どのがお帰りだ」

なにか言おうとする賢悟を抑えて、併右衛門が告げた。

「はい。十分なおもてなしもいたしませず」

瑞紀も賢悟をうながした。

「あ、いえ、馳走になりもうした。夜分にご無礼を」

併右衛門とでは格が違った。それ以上なにを言うこともできず、賢悟が出ていった。

「お手間を取らせましてございまする」

客間に残った衛悟が詫《わ》びた。

「まったくだと言いたいところだが、いたしかたあるまい。それだけ賢悟どのは、おぬしのことを気にしているのだ」

「はあ」

衛悟は生返事をするしかなかった。

実家でのあつかいを考えると、とてもそうとは思えなかった。

「お帰りになられましてございまする」

賢悟を送りに立った瑞紀が戻ってきた。

「では、わたくしもこれにて」

すでに五つ半（午後九時ごろ）を過ぎている。衛悟は帰ると言った。

「待て」

腰を浮かせた衛悟を、併右衛門が止めた。

「なにか」

衛悟は座りなおした。

真剣なまなざしを併右衛門が衛悟に向けた。

「おぬしはどうなのだ」

「…………」

いきなり問いかけられた衛悟は、反応できなかった。

「養子にはいきたいのであろう」

併右衛門が問うた。

「……はい」

しっかりと併右衛門の目を見つめかえしながら、衛悟は答えた。

「旗本の家に生まれた以上、当主となるのは夢であり、目標でございまする」

「うむ。けっこうだ」

満足そうに併右衛門が首肯《しゅこう》した。

「それでなければ、武士、いや男ではない。足を止めたな」

帰っていいと併右衛門が手を振った。

「では、これにて」

一礼して衛悟は、客間を後にした。

「衛悟さま……」

衛悟の背中を追うように顔を動かし、瑞紀が小さくつぶやいた。

四

刻限の少し前に永井玄蕃頭の屋敷へ着いた衛悟は、大門が開かれていることに驚いた。大名や旗本の大門は主として当主、その一門の出入り、将軍家のお成り、客の訪問で使用される。小旗本、それも部屋住みでしかない衛悟のためとはとても思われなかった。

衛悟は大門脇にある潜《くぐ》り門《もん》へと近づいた。

「どなたか」

近づいてくる衛悟を門番の足軽が誰何《すいか》した。

「拙者柊衛悟と申す者でござる。本日……」

「これは、失礼をば」

さすがに気働きが主な仕事とされる側役の家中であった。衛悟に用件の最後まで言わせることなく、頭をさげた。

「承っております。どうぞ、玄関までお通りくださいますよう」

門番が先導して大門から衛悟をなかへ案内した。

「柊さまが、お着きでございまする」

「ようこそご来訪くだされました」

門番の声に合わせるように姿を現したのは用人の佐藤であった。

「当家用人、佐藤記右衛門にございまする。主《あるじ》玄蕃頭がお待ち申しあげておりますれば、どうぞ」

「は、はあ」

これほど歓迎されたことのない衛悟は、戸惑いながら佐藤の後についた。

「主にお出《い》でを報せてまいりますれば、こちらでしばらくお待ち下されますよう」

二十畳ほどの客間で、衛悟は待たされた。

「失礼をいたしまする」

佐藤に代わって若い藩士が、茶と菓子を持って現れた。

「畏れ入りまする」

思わず衛悟は、身を小さくした。

衛悟は兄の裃《かみしも》を借りていた。日ごろ着流しに小倉袴《おぐらばかま》ばかり着ている衛悟である。慣れない正装でより緊張していた。

茶に手をつけるどころか、微動だにできない衛悟のもとへ佐藤が帰ってきた。

「お待たせ申しあげました。主玄蕃頭にございまする」

襖際《ふすまぎわ》で佐藤が平伏した。あわてて衛悟も手をついた。

「久しいの。そのような堅苦しいまねはよしてくれぬか」

上座に着いた永井玄蕃頭が言った。

「このたびは、お招きに与《あずか》り、恐悦至極《きようえつしごく》に存じまする」

朝からなんども繰り返し覚えさせられた挨拶《あいさつ》を、衛悟は述べた。

「急に呼びつけてすまぬな。思い立てば我慢できぬ性質《たち》での。旅のおりには、ずいぶんと世話になった。あらためて礼を言う」

永井玄蕃頭が軽く頭をさげた。

「畏れ入りまする。わたくしごときがおりませずとも、精鋭たる大番組の衆がおられましたゆえ、余計な手出しをいたしたかと、かえって恐縮いたしておりまする」

衛悟は首を振った。

「いや、あのとき柊が来てくれねば、儂は討たれていただろう。もちろん、上様にお仕えする者として、いつでも覚悟はできておるが、命じられた任を果たさず死ぬことは、末代までの恥となる。それを柊は助けてくれた。玄蕃頭、心より感謝しておる」

「どうぞ、もう、その話は……」

過分な褒《ほ》め言葉に衛悟は、身を小さくした。

「奥ゆかしいの。それこそ真のもののふぞ」

衛悟の態度が、より永井玄蕃頭の気に入った。

「殿。そろそろ宴席の用意が」

居場所のないような衛悟に気づいた佐藤が、助け船を出した。

「そうであったな。たいしたものはないが、心ばかりのものだ。遠慮なく飲み食いしてくれるように」

永井玄蕃頭の合図で客間に膳が持ちこまれた。

「ご相伴《しようばん》をさせていただきまする」

膳は佐藤の分も入れて三つあった。

「………」

側役永井玄蕃頭と二人きりという状況を緩和するための心遣いだと気づいた衛悟は佐藤へ黙礼した。

昼餉は三の膳まである立派なものであった。

一万石でも大名となると、屋敷は厳格に表と奥に分かれる。立花家で瑞紀が玄関まで出迎えるようなことはなく、男だけの対応となった。

「どうぞ」

酒の入った片口を持って、若い藩士が衛悟に盃《さかずき》を持つようようながした。

「畏れ入りまする」

おなじ言葉を衛悟は何度もくりかえすはめになった。

見たこともないようなご馳走を勧められるままに口にした衛悟だったが、味はまったくわからなかった。

しかし、ときとともに宴席は進み、酒を飲んでいた永井玄蕃頭の機嫌もますますよくなっていった。

「柊よ」

「はい」

呼ばれて衛悟は、箸《はし》を止めた。

「養子先は見つかったか」

永井玄蕃頭が、訊いた。

「情けなきことながら、わたくしごときを迎えてくださる家はございませぬ」

衛悟は首を振った。

「そうか。それは目のない奴らよな」

うなずきながら永井玄蕃頭は盃を干した。

「どうだ、儂に世話させてくれぬか」

永井玄蕃頭が言った。

「畏れおおいことを」

将軍家斉の側近である永井玄蕃頭が、養子先の斡旋をするとなれば、少なくとも千石はこえていなければならない。とても二百俵ていどの旗本を、相手にすることなどないのが常識であった。

「任せてくれるのだな。それは重畳《ちようじよう》」

衛悟の返事を肯定と取った永井玄蕃頭が、笑った。

「佐藤、よき縁を探しておけ。そうじゃな、これだけの腕を埋もれさせるのは、もったいない。柊がおれば、上様の御身は安泰。番方のそれも書院番あたりがよいかの」

「承りましてございまする」

佐藤が引き受けた。

「書、書院番……」

役名を聞いた衛悟は絶句した。

書院番士は将軍家の内衛と呼ばれる。一組は四千石格の番頭のもとに千石の組頭一人、三百俵高の番士五十人、与力十騎、同心二十人からなる。

名門旗本のなかでもとくに武術に優れた者が選ばれ、殿中ならびに江戸城諸門の警衛を任とした。将軍家外出のおりには駕籠脇《かごわき》につき、殿中儀式ではその給仕にあたるなど、側近くに仕えることもあり、出世の糸口とも言われた。

役高は低いが、小姓組番と合わせて両番士と称され、番方旗本衆の憧《あこが》れであった。

「ときどきは、遊びに来てくれるよう。剣談を聞かせてくれよ」

味もなにもわからぬ昼餉を終え、永井玄蕃頭みずからが点《た》てた茶を馳走になって、ようやく衛悟は解放された。

「兄上さまへ」

土産《みやげ》まで持たされて衛悟は、呆然としたまま柊家へ戻った。

「どうであった」

屋敷では、休みを取った賢悟が待っていた。

「はあ……」

衛悟は、まだ衝撃から立ちなおっていなかった。

「どういうお話があった」

賢悟が詰め寄った。

「なにか無礼をしでかしてはいまいな」

「大丈夫でございまする。歓待を受けましてござる」

見なれた屋敷の薄汚れた部屋に座って、ようやく衛悟は落ちついた。

「養子先を探してやると」

「まことか」

聞いた賢悟が目を見張った。

奥右筆組頭の権は凄いが、表立ってとくれば側役の足下にもおよばないのだ。

「書院番あたりはどうだと」

「なにっ」

賢悟が驚愕《きょうがく》した。

「……書院番の家柄に入れてくれると仰《おお》せられたか」

「はい」

まちがいないとうなずいて、さらに衛悟は続けた。

「そのあと、ときどきは遊びに来て、剣談など聞かせよとのお言葉もいただきましてございまする」

「側役さまから、遊びに来いと……」

あまりのことに賢悟が、息を呑《の》んだ。

これが当主であったなら、有力な引きを手に出世を約束されたに等しい。賢悟の反応は当然であった。

「わかった……」

渇いた口を無理矢理唾液で湿らせた賢悟が、張りついた喉を動かして妻を呼んだ。

「幸枝、幸枝」

「お呼びでございますか」

隣室で聞き耳をたてていたに違いない義姉が、襖を開けた。

「今宵から衛悟は、儂と夕餉をともにする」

「えっ」

「では……」

衛悟は驚き、幸枝はその意味を悟って喜びの声をあげた。

「今からでは間に合わぬだろう。明日でいい、尾頭《おかしら》付きを用意してくれ」

賢悟が命じた。

「もういいのでないか」

止める賢悟を制して、衛悟は併右衛門の迎えに出た。

いつもより少し早く併右衛門は下城して来た。

「ほう、もう来ていたのか。側役さまとの宴席であったろうに」

併右衛門が少し目を大きくした。

「昼餉だけでございましたから。それに……」

「窮屈だったか」

ほんの少し顔をしかめて見せた衛悟から、併右衛門は正しい答えを導いた。

「しかし、当主となり役付になれば、宴席に出ることも増える。役目柄つきあいのある上役や同僚に招かれることも出てくる。いつまでも堅苦しいと逃げてはおられぬぞ」

併右衛門が諭《さと》した。

「わかっているつもりでございますが……」

はっきりしない応えを衛悟は返した。

「まあいい、帰ろうか」

先に立った併右衛門がすぐに足を止めた。

「田村《たむら》どの、田村どのではないか」

急ぎ足で近づいてくる人物に併右衛門が声をかけた。

「田村どのよ」

「……おお、これは奥右筆組頭さま」

何度目かでようやく、田村が気づいた。

「どうかなされたのか」

いつもらしからぬ田村の態度に併右衛門が疑念を抱いた。

田村一郎兵衛《いちろうひょうえ》は、老中太田備中守の留守居役《るすいやく》である。太田家の外交を一手に引き受ける切れ者で、陪臣ながらその影響力は併右衛門と肩を並べるほどであった。

「いや、なにか、ずっとつけられているような気がいたして」

言いながらも、田村は背後を振り返った。

「つけられている……衛悟」

併右衛門が衛悟を見た。

「承知」

すっと気を研ぎ澄まして、衛悟は数歩前に出た。

「…………」

刀の鍔《つば》に左手を添えて、衛悟は少しずつ前に出た。

併右衛門の下城時刻は武家の門限と重なっている。すでに桜田門外を出た大名屋敷群から人気《ひとけ》はなくなりつつあった。

薄暗くなっていく路地に目を飛ばし、あたりの気配を探っていた衛悟は、少しして息を吐いた。

「なにもないか」

衛悟の様子で併右衛門が読んだ。

「はい……くっ」

肯定した衛悟は、ふいに殺気を受け止めた。針先ほどの小さなものだったが、鋭く衛悟の皮膚を刺した。

「これは……」

衛悟は殺気に覚えがあった。

「どうした衛悟」

併右衛門が問うた。

「立花どの。田村どのを早く」

「……ああ」

ともに死線をくぐり抜けてきた衛悟と併右衛門には、それだけでつうじた。

「桜田門のなかを通って屋敷へ戻られよ。さすがに城内まであとをつけてはきますまい」

併右衛門がうながした。

大門は暮れ六つ（午後六時ごろ）に閉じられるとはいえ、脇門は子《ね》の刻（深夜十二時ごろ）まで通行が許された。もちろん、警衛の旗本に名のらなければならないが、老中の留守居役ならば止められることはない。

「そうさせていただきまする」

礼もなく、田村が一目散に駆けていった。

「衛悟」

「しばしこちらで」

併右衛門を桜田門を出たところに待たせて、衛悟は進んだ。

十二分に併右衛門から離れたところで、衛悟は立ち止まった。油断なく腰を落とし、鯉口《こいぐち》をきる。

「出てこい」

衛悟は残照から外れた闇へ向かった。

「偉そうな口をきくな。吾が気を出してやらねば見逃していたくせに」

闇が濃くなり人の形を取った。

「冥府防人」

衛悟は思っていたとおりの人物の登場に驚きはしなかった。

「…………」

無言で衛悟は、腰を伸ばし、鯉口を納め、太刀の柄《つか》から手を離した。

「ほう……」

冥府防人が目を細めた。

「少しはものが見えるようになったか」

「きさまがやる気ならば、殺気を見せたときには、もう遅いだろう」

幾多の真剣勝負を経て成長した衛悟は、冥府防人と己《おのれ》の差をしっかりと理解していた。

「おもしろいな、おまえは」

小さく冥府防人が笑った。

「我らでないとすれば、あの田村とかいう御仁であろうが……」

衛悟は首をかしげた。田村はどうみても腰の刀が重くて歩けませんという感じなのだ。とても冥府防人と戦うことなどできない。

「そこから先は、おまえに関係のないことだ」

冥府防人が重く宣した。

「他《よそ》まで手を伸ばすだけの余裕はあるまい」

「わかっている」

言われた衛悟もうなずいた。衛悟の任は、併右衛門と瑞紀の二人を護ることだ。それ以上のことに手出しできると思うほど、衛悟は青くなくなっていた。

「今宵は、挨拶だと思え。つぎに邪魔したときは、許さぬ」

「…………」

衛悟は返答をしなかった。巻きこまれるような状況になれば、戦うことになる。その覚悟はできていた。

「側役に目をかけられたと喜んで鍛錬をおこたるなよ。吾がおまえを生かしておくのは、楽しみたいからだ。おもしろくなくなれば、即座に殺す。おまえも、立花も、その娘も」

溶けるように冥府防人が闇へと吸いこまれていった。

「……ふう」

額《ひたい》にかいた脂汗を、衛悟は袖で拭《ぬぐ》った。てのひらもじっとりと濡れている。冥府防人との対峙《たいじ》は、衛悟を緊張の極致に追いやっていた。

「衛悟」

緊張を解いた衛悟に併右衛門が寄ってきた。

「……大事ないか」

夜目にも蒼白な衛悟の顔色に、併右衛門が息を呑んだ。

「大丈夫でございまする」

ぎこちなく衛悟は笑った。

今日も見逃してもらえたのだと衛悟は気づいていた。いや、相手にさえされていなかった。

「誰だかわかったのか」

併右衛門が問うた。

「…………」

無言で衛悟は併右衛門の顔を見た。こわばった表情が、雄弁に物語った。

「あやつだと……」

理解した併右衛門が驚きの声を漏《も》らした。

併右衛門も冥府防人のことは知っていた。

「あやつがなぜ田村どのを」

冥府防人は御前と呼ばれる人物の走狗として、併右衛門と衛悟の前に現れた。御前は松平定信《まつだいらさだのぶ》をして遠慮させるほどの相手である。幕閣あるいは徳川に近いことはまちがいない。その人物の手が、老中太田備中守の懐刀《ふところがたな》に伸びた。

「……いや、そういうものかも知れぬな」

併右衛門が納得した。

「同じ御用部屋におられる老中がたも、笑いあいながら相手の失策を探しておられる。他人の足を引っ張ることが、己の出世。それが今の世のなかじゃからの」

「はあ」

複雑な権のからみあいに巻きこまれた衛悟だが、そのあたりの機微はまだ十分理解できていなかった。

「まだわからぬか。そろそろ権のもつ魔に気づけ」

「権の魔」

くりかえした衛悟をうながして、併右衛門が歩きだした。

「ああ。今の幕府をよく見よ。政は誰がおこなっておる」

「御老中方でございましょう」

衛悟は答えた。

「ふう。ここで将軍家などと言われたらどうしようかと思ったわ。そのていどは見えているか」

併右衛門がため息をついた。

「しかし、衛悟、そなたの考えはいたっておらぬ」

ゆっくりと併右衛門が首を振った。

「老中方はな、勘定《かんじょう》奉行や普請《ふしん》奉行、各地の遠国《おんごく》奉行たちがあげてきた策を検討されるだけなのだ。米の取れ高を勘案し、今年の年貢を決めるのは、各地の代官であり、入った米をいくらで売るかを定めるのは勘定奉行だ。そして入った金をどう使うかを決めるのは……勘定衆よ」

ささやくように併右衛門が告げた。

「勘定衆……失礼ながらそれほど高位の役目ではございませぬが」

驚いた衛悟は確認した。

「考えてみよ。いかに老中方が優れた御仁であろうとも徳川の八百万石にわたる領地すべてを理解し、対応できるわけなどなかろう」

「それはたしかに……」

衛悟もうなずくしかなかった。

「だからこそ現地に精通した代官たちがいるのだ」

併右衛門が続けた。

「かといって代官が知るのは徳川のほんの一握り。代官は耳目手足でしかない。それらを集めるのが、代官を支配する勘定方よ。勘定方には徳川のすべてが集まる」

「なるほど」

「しかし、勘定方はすべてを知る代わりに、決裁する権を持たぬ。それをもつのが老中なのだ」

「はあ」

ややこしすぎて衛悟は理解しきれなかった。

「世間から見れば、老中が上に見えて当然だ。老中こそ幕府最高の権とな。将軍になることはできぬ。百万石を望んでも与えられぬ。徳川をずっと支えてきたわりに少ない石高で辛抱しなければならない譜代大名にとって、老中となるのは夢なのだ。他の大名たちを見おろすことのできる地位を欲している者からすれば、現職の老中がいなくなってもらわねば己の出世はない。今その地位にいる者にとって、同僚の傷を探しておくは、己が御用部屋から追いだされないようにする身を護る術《すべ》。わかったか」

「そうだったのですか」

嚙《か》んで含めるように教えられて、ようやく衛悟は納得した。

「まあ、そこまでそなたがかかわることはないだろうが、老中の留守居役ともなれば、きれいごとだけではつとまらぬ」

併右衛門が述べた。

「されど老中方になにを報せ、どれを隠すかは勘定方の胸三寸。そして勘定方が出した書類を老中方へ見せるかどうかは、奥右筆の思惑次第なのだ」

最後に併右衛門が、本音を見せた。

第二章　絡《から》む糸

一

冥府防人は、甲賀組組頭《こうがぐみくみがしら》大野軍兵衛と会っていた。

甲賀組屋敷に近い廃寺へ呼びだされた大野軍兵衛の機嫌は悪かった。

「なんだ」

「小弥太、甲賀組とお主の縁は切れたはずだが」

大野軍兵衛が苦い顔で言った。

「絡んできたのは、そちらであろう。知らぬ顔をするのはやめてもらおう。それとも組内のことに気づかぬ無能でも、組頭がつとまるようになったのか」

あきれた声で冥府防人が述べた。

「…………」

いっそう顔をゆがめて軍兵衛が沈黙した。

「誰の差し金だ」

冥府防人が問うた。

「…………」

無言のまま、大野軍兵衛が冥府防人を見た。

「勝てる気でいるのか」

あからさまな嘲笑《ちょうしょう》を冥府防人は浮かべた。

「やってみてもよいぞ。その代わり、おまえの死体を大手門の屋根へ晒《さら》してやる。大手門の番人たる甲賀組、その組頭の死体がそこで見つかったとなれば、どうなるかの。大野家の断絶は確実、甲賀組の解体も避けられまい」

「……むう」

大野軍兵衛がうなった。

冥府防人は数えきれぬ人を葬《ほうむ》ってきた。しかし、泰平の甲賀組では、人を殺《あや》めることがなかった。人を斬ればその身は切腹、旗本でさえ無礼討ちなど認められはしない。与力でしかない甲賀組が、人を害したとなれば修行のためなどと言いわけするこ

ともできず、改易される。それは忍《しのび》の存在の根幹を崩していた。戦《いくさ》がなくなった。おぬし
「どうせ、おぬしが請けた話ではあるまい。が請《う》けた話ではあるまい。かといって市丸らに直接声がかかるとも思えぬ。あやつらはただの忍に過ぎぬ。となれば小頭《こがしら》あたりであろう」

「そこまで読まれたか」

冥府防人の言葉に、大野軍兵衛が嘆息した。

「誰からの命《めい》かまでは摑《つか》んでおらぬ。請けたのは小頭斉藤《さいとう》兵衛《ひょうえ》じゃ」

大野軍兵衛が答えた。

「いつのことだ」

「先月の中ごろであろう。そのころから斉藤と市丸らがしきりに顔をあわすようになっていたからの」

「知っていて知らぬ振りをしたか」

冷たい目を冥府防人は向けた。

「当然であろう。小弥太、おぬしは甲賀第一の名門望月家の跡取りでありながら、田沼主殿頭《とのものかみ》の策にのり、将軍家お世継ぎを害した。それがどれだけのことかわかっておるのか。主殺しは町人といえども磔《はりつけ》獄門になるほどの大罪。それが将軍にかかわる

ことなれば、どれほどの重罪か。きさま一人が磔になったところで追いつかぬのだぞ」

顔色を変えて大野軍兵衛が怒鳴《どな》った。

「十代将軍家治さまの世子家基さまは、食あたりで亡くなられた。そうであろう。奥《おく》右筆《ゆうひつ》部屋に残されている医師の記録にはっきりと記されておる」

淡々と冥府防人は言った。

「それは、表向き。家基さまの死に不審を抱いている者は少なくない。田沼さまと反目しておられた方々のなかにはとくに多い」

「白河《しらかわ》侯か」

田沼意次の施政を真っ向から否定したのが、御三卿田安《ごさんきょうたやす》家から白河藩へと養子に出された松平定信であった。

「だけではないわ。御三家もじゃ」

「御三家が。それはどういうことだ」

冥府防人は訊《き》いた。

「当然であろう。家基さまが亡くなられたことで、十一代さまが空いた。本来ならば、そこへ御三家の誰かが入るはずだった。八代将軍吉宗《よしむね》さまという前例があったからの」

　大野軍兵衛が説明した。

　関ヶ原《せきはら》の合戦からすでに百年以上のときが過ぎ、戦を仕事としていた武士も変わらざるをえなくなった。泰平の世に必要とされるのは、武ではなく文である。格式こそ武を引き継ぐ番方《ばんかた》が高いが、幕府の実権は役方《やくかた》が握っていた。いつの世も文が力を持てば、はびこるのは前例慣例である。命をかけて手柄を立てる戦場と違い、文での出世はなにより失策を犯さないことだ。そのためには、前例慣例を踏襲するのがもっとも楽である。前例慣例を理由にすれば、なにかあったとしても、責任を負う必要はなくなる。役方に支配された幕府は、前例慣例で動いていた。

「しかし、十一代を継いだのは御三卿の一橋豊千代《とよちよ》さまだった。……どういうことかわかるであろう」

「これも前例だというのだな」

　すぐに冥府防人は理解した。

「そうだ。これは御三家の存在さえも脅《おびや》かすことだ。御三家は、神君家康さまから、将軍に跡継ぎなきとき、人を出すようにと、多きお血筋のなかからとくに選ばれた家柄。いかに八代将軍吉宗さまの曾孫《そうそん》とはいえ、御三家でないところから宗家へ血を返した。これがどれだけ御三家にとって衝撃であり、憤懣《ふんまん》やるかたないことか」

「なるほどな。十一代さまの就任は、御三卿が御三家の上と知らしめたにひとしいと」

冥府防人はうなずいた。

「いまだ御三家は、家基さまの死、その真相を探っておる。下手人を探しだし、その裏を暴き、十一代さまを引きずり下ろそうとな」

強い口調で大野軍兵衛が告げた。

「吾《われ》は、最大の生き証人か」

口の端を冥府防人はゆがめた。

「下手人が前の甲賀組組頭望月信兵衛《しんべえ》の嫡男、小弥太だと知れては困るか、甲賀組組頭どの」

「…………」

「過ぎた話を蒸し返すのはつごうが悪い。寝た子を起こすことになっても困る。しかし、おぬしのかかわりのないところで、誰かが吾を始末してくれるならば、これにこしたことはない。忍本来の姿を忘れた小役人の考えそうなことだ」

「無礼な……」

さらなるあざけりを受け、激発しかけた大野軍兵衛が、冥府防人のすさまじい殺気を浴びて沈黙した。

「一枚岩を誇った甲賀組も終わったな」

冥府防人が踵《きびす》を返した。

「二百二十俵の禄《ろく》を末代までたいせつに抱いていくがいい。二度と会うこともあるまい。死した忍の頭領どのよ」

「…………」

そっと懐《ふところ》へ手を入れた大野軍兵衛が、冥府防人の背へ手裏剣《しゆりけん》を撃とうとした。

「こんど御前さまへ手を出そうなどとしたら、許さぬ。甲賀組に連なる者すべて、女子供も逃さず皆殺しにしてくれる」

すさまじい殺気に大野軍兵衛の動きが止まった。

「そのときは、きさまから血祭りにあげてくれる」

言い捨てて、冥府防人は廃寺を後にした。

冥府防人の姿が見えなくなって、ようやく肩の力を抜いた大野軍兵衛が呼びかけた。

「止丸《しまる》」

「これに」

廃寺に残る大銀杏《おおいちよう》の木から、人が降りてきた。

小豆《あずき》色の忍装束は甲賀者の証明であった。

「やれそうか」

「一人では無理でございまする。三人、いや五人でも難しゅうございましょう」

大野軍兵衛の問いに、止丸が答えた。

「一組総出ならいけるか」

「十人おらば」

止丸がうなずいた。

「よし、斉藤兵衛に屋敷まで来るようにと申せ。このまま小弥太を放置することは、甲賀組の存亡にかかわる」

「よろしゅうございますので」

念を押すように止丸が訊いた。

「火中の栗《くり》をあえて拾う必要はないのではございませぬか」

伊賀《いが》では決してあり得ない忍からの問いかけであった。

甲賀はもともと地侍の持ち国であった。多くの地侍が少ない所領を争い、戦国のはるか昔から騒乱をくりかえしてきた。それを戦国が変えた。どんぐりの背比べであった地方豪族のなかから一国を支配する戦国大名が現れた。一国を手にした領主は、隣へ手を伸ばすのは必然である。こうして周囲の圧力を受けるようになった甲賀は、内部でもめていられる状況でなくなり、地侍の集合を余儀なくされた。このとき甲賀は他国に見られないめずらしい統治方法を選んだ。誰か一人を領袖《りょうしゅう》としていただくのではなく、全員による合議で甲賀の方針を決めるとしたのだ。その習慣は、甲賀が徳川の与力となった今でも続き、組頭とはいえ、一存でものごとを決めることはできなかった。

「火中の栗ならばよいが、小弥太は未だに燃えさかる炎ぞ。いつ甲賀という家に飛び火せぬとはかぎらぬ」

「しかし、小弥太の申しぶんも一理ございましょう。甲賀組は、いつのまに大手の門番で満足するようになったのでございましょうか。お庭番にその地位を奪われたとはいえ、伊賀組は長く探索御用を承《うけたまわ》っておりました。それに比して我らは、身分こそ伊賀より上の与力ながら、忍の力を使うことなく、代を重ねて参りました。組内の者でも、忍の鍛錬に熱心でない者が増えております。このままでは遠からず、伊賀とならんで、戦国の闇で名をはせた忍は、死に絶えまする」

止丸がさらに問うた。

「そうかも知れぬ。だが、今の世に忍は必要ない。幕府に盾突《たてつ》くだけの気概を持った外様《とざま》大名はもうおらぬ。薩摩《さつま》の島津《しまづ》、長州《ちょうしゅう》の毛利《もうり》、仙台《せんだい》の伊達《だて》、加賀《かが》の前田《まえだ》、どこもその藩主には徳川の血が入っている。逆もある。さらに徳川の血を引いた大名の子供が、婿入り嫁入りしている。いわば、国中の大名が、徳川の縁戚も同然。いまさらどこに争乱が起こり、忍の出番があるというのだ」

大野軍兵衛が顔をゆがめた。

「今ではございませぬ。百年先はわからぬではございませぬか」

重ねて止丸が詰め寄った。

「百年……そんな先まで儂《わし》は責任を取る気はない。死んだ後のことまで知ったことか。明日の甲賀組のことを守るだけで精一杯よ」

「それでは……」

「ならば甲賀惣触《そうぶ》れの場にかけようぞ。それで決まったことならば、儂も反対せぬ」

まだ言いつのろうとする止丸を大野軍兵衛が抑えた。

二

側役《そばやく》の知遇を得たとはいえ、衛悟の日常に変化が生まれたわけではない。永井玄蕃《げんばの》頭《かみ》とのかかわりは、表にまだ出ていなかった。

ただ、変わったのは、衛悟が三食共に実家で食べるようになったことだ。兄と膳を並べて摂《と》る食事は、衛悟にとって気詰まりなだけであった。

「道場へ行って参りまする」

朝餉《あさげ》を終えて、衛悟は実家を出た。

「お待ちなさい、衛悟どの」

幸枝が後を追ってきた。

「これを」

差しだしたのは弁当であった。

「いただいてよろしいのか」

兄嫁から弁当をもらうなど、衛悟は初めてであった。

「昼に戻ってこられていては、剣の修行の妨げとなりましょう。あっぱれ番方の旗本として書院番《しょいんばん》を勤めるには、衆にすぐれた剣の腕前が要《い》りましょう。すこしのときも無駄になさいませぬように」

幸枝が衛悟の道場通いを初めて推奨した。

「はあ」

まさに掌《てのひら》を返したような待遇に戸惑いながら、衛悟は屋敷を後にした。

大久保道場は、朝特有のにぎわいのなかにあった。

上段からの一刀で相手を両断する。一撃必殺を旨《むね》とする涼天覚清流《りょうてんかくしんりゅう》は、初手の踏みこみをなによりたいせつにしていた。

「もう半歩踏みこめ。さすれば避けられぬ」

師範代上田聖が、弟弟子を叱咤《しった》していた。

「柄《つか》で相手の額《ひたい》を撃つつもりで迫れ。いざとなれば手は縮む。普段の伸びの半分も届かぬと思え」

「はい」

背中を押された弟弟子が、力強く応じた。

実戦の間合いを覚えるに、木刀による型稽古《かたげいこ》ではまどろこしい。涼天覚清流の創始者堀口貞勝《ほりぐちさだかつ》は、軟弱と嘲笑《わら》われていた袋竹刀《ふくろしない》を稽古に取り入れた。馬の裏革に割竹を入れた袋竹刀は、当たったところでせいぜい痣《あざ》を作るていどですむ。思いきった撃ちこみを身につけるに、これほど便利なものはない。大久保道場でも袋竹刀は使われていた。

しかし、袋竹刀には大きな欠点があった。同門の相弟子と撃ち合うのだ。どうしても竹刀が当たったところで力を抜いてしまうことになる。剣が軽くなるのだ。上っ面《うわつら》を叩《たた》くだけの一撃では、兜《かぶと》を割るどころか、丸い頭蓋骨《ずがいこつ》を断ち斬ることなどできなかった。

そこで大久保道場では、袋竹刀のあと木刀を用いた型稽古をかならずさせていた。

「しっかりと柄を握れ。木刀に振りまわされてはならぬ。発と止はかならず、意識せよ。惰性でおこなってはならぬぞ。怪我《けが》することになる」

師範代上田聖が、強く注意した。

相手のある竹刀稽古と違って木刀での型遣いは一人でやることになる。どうしても注意が散漫になりやすかった。

「振りおとす前に、木刀をどこで止めるかを考えよ。数振ればいいものではない。百の無駄より一の精進ぞ」

一礼して道場へ入った衛悟は、上田聖の言葉を引き継いだ。

「来たか」

「ああ」

入門以来の剣友は、軽く挨拶《あいさつ》をかわしただけで、稽古へ没頭した。

大久保道場の弟子、そのほとんどが、御家人の子息、近隣の屋敷に勤める諸藩の藩士である。その筆頭が黒田藩《くろだ》で小荷駄《こにだ》支配を務める上田聖であり、衛悟は次席であった。

半刻（約一時間）ほど弟弟子たちの面倒を見た衛悟は、手の空いた隙《すき》を逃さず、上田聖へ声をかけた。

「一手頼めるか」

「おうよ」

すぐに上田聖が応じた。

剣の腕というのは、少し手を抜けば簡単になまる。毎日稽古をくりかえすだけでは駄目なのだ。道場というのは、剣を学び始めた者にとって、まことに良質な研鑽《けんさん》の場であるが、剣術を極めようとする者にはかんばしくない点もあった。

己《おのれ》より下位の者しかいなくなってしまえば、いくら稽古したところで、腕はあがらないのだ。格下と稽古するときは、相手を教えることとなり、本気を出すことが許されない。己の限界をこえてこそ、術は進歩する。師範代にとって、修行は難しい。それが道場の現状である。上田聖が衛悟の求めに喜んだのは、当然であった。

道場筆頭の上田聖と次席衛悟の差は小さくなっていた。数ヵ月前までは、大きな溝が横たわっていたが、幾多の戦いを経験して、衛悟の剣は変わっていた。三本で一本取れればよかったのが、いまではほぼ互角にまでなっていた。

「師範代と柊さまの稽古だ」

「場所を」

弟子たちが壁際《かべぎわ》へ引いて、たちまち道場中央が空けられた。

衛悟は竹刀を青眼に構えた。上田聖もあわせた。

「お願いいたす」

衛悟は下位の礼儀として、頭をさげた。

「おう」

師範代の貫禄を見せて上田聖が首肯《しゅこう》した。

「どうだ。やはり師範代のほうが上だろうな」

「いや、わからぬぞ。最近の柊さまは、ずいぶんと腕をあげられた」

「だの。柊さまの気迫には、背筋が総毛立つことがある」

壁際で弟子たちがささやきあった。

「始まるぞ」

道場では、衛悟の次に名札のかかっている木村《きむら》が制した。

最初に動いたのは衛悟であった。衛悟はつま先を探るように前へ出して間合いを詰めた。

二人の距離をじりじりと縮めながら衛悟は、竹刀をゆっくりと下段へ落としていった。

「…………」

応じて上田聖が、上段の構えへ変わった。

「はずれおってからに」

「えっ」

二人の戦いに見入っていた木村が驚愕《きょうがく》した。

いつのまにか背後に道場主大久保典膳《てんぜん》が来ていた。

「免許をやったのはまちがいだったかの」

大久保典膳が言った。

「どういうことでございましょう」

師匠から目を二人に戻しながら木村が問うた。弟子として失礼なこととわかっていても、二人の戦いを見逃したくなかったのである。

「衛悟の構えは涼天覚清流の型にはない」

柄の握りを大久保典膳が指さした。

「聖も気づいている」

上田聖も衛悟の柄を見ていた。

「はあ」

言われた木村は、まだわからないのか首をかしげた。それほど衛悟の構えは涼天覚清流のものに近かった。

「狙いは内手首か」

大久保典膳のつぶやきが合図になったように、衛悟が踏みだした。

「やああ」

鋭い気合いを発しながら、衛悟は右足を踏みだし、下段の竹刀を跳ねあげた。

「おうよ」

あわせて上田聖が上段から竹刀を落とした。

「あつっ」

上田聖が、後ろへ大きく下がった。

衛悟の竹刀が、上田聖の右手首内側を擦《こす》って、天を指していた。

「それまで」

追撃しようとする衛悟を、大久保典膳が止めた。

「師」

衛悟は大久保典膳の声におどろいた。

「参った」

動きを止めた衛悟へ向かって、上田聖が敗北を宣した。

「あ、ありがとうございました」

あわてて衛悟は、上田聖へ頭をさげた。

大久保典膳が、道場の上座、鹿島《かしま》大明神の掛け軸がかけられている床の間の前へ座った。

「聖、衛悟、残れ。一同、本日の稽古はここまでといたす」

重い声で大久保典膳が言った。

「はっ」

「ありがとうございまする」

弟子たちが礼をして、後片付けに入った。

「二人とも、ついて来い」

大久保典膳が、居室へと二人を誘った。

棟割《むねわ》り長屋をぶちぬいて造った大久保道場は、そのほとんどを稽古場に割《さ》いていた。道場主大久保典膳の居室は六畳ほどしかなかった。

「衛悟、白湯《さゆ》を」

「はっ」

初年の間は、道場主や先輩の世話も修行のうちと雑用を命じられる。衛悟は勝手知ったる道場の台所へ向かった。

「聖、手は大事ないか」

衛悟がいなくなってから、大久保典膳が訊いた。

「しびれてはおりまするが、骨も筋も問題はございませぬ」

右手首を見ながら上田聖が答えた。

「柳生新陰流《やぎゆうしんかげりゆう》　転《まろばし》よ、あれが。どこで知ってきたか、衛悟め」

大久保典膳が苦い顔をした。

「転……柳生流秘太刀」

上田聖が目を大きくした。

「ああ。小さく剣先を動かし、内手首、内股《うちもも》の付け根、脇を撃つ剣よ。どれも一撃必殺ではないが、大きな血脈の通るところだ。わずかな傷でも血は大量に流れる」

「血脈狙い……ではなぜ首を狙いませぬので」

首の血脈を断たれれば、致命傷となる。手首や足の付け根を狙うよりはるかに効率がいいのではないかと上田聖は首をかしげた。

「首はな。遠いのよ」

大久保典膳が述べた。

「剣の戦いとなれば、まず動くのはどこだ。足であろう。敵へ近づくために、足を踏みだす。次にどうする。斬りかかるために両手を前へ出すであろう」

「太股《ふともも》と手首を自ら差しだしておると」

「うむ」

うなずいた大久保典膳が続けた。

「首を狙おうとすれば、まず間合いをもっと詰めねばならぬ。さらに敵の剣をどうにかせねば、首は斬れぬ。手首や足の付け根ならば、遠い間合いからでも撃てる。血管が浅いところを走っておるからな。切っ先一寸（約三センチメートル）も要らぬのだ。五分（約一・五センチメートル）も食いこめば十分血脈を断てる」

「なるほど」

師の説明を聞いた上田聖が納得した。

「しかし、己の身は刃《やいば》の届かぬところにおいて、手首などを襲う。姑息《こそく》な」

涼天覚清流は、間合いなきを極意とする。相討ちとまではいわないが、己も命をかけて剣を遣《つか》うのだ。

「衛悟は、なにを考えておるのだ。命が惜しくなったか」

不満を上田聖が口にした。

「逃げ腰になるようなやつか、衛悟が」

大久保典膳が苦笑した。

「戻ってきたようだ、真意を訊けばすむ」

激するなと大久保典膳が上田聖を抑えた。

盆の上へ湯呑《ゆの》みを載せて衛悟は、大久保典膳の居室へ帰ってきた。

「お待たせをいたしました」

大久保典膳、上田聖、己の順に湯呑みをおいて、衛悟は座った。

「衛悟、さきほどの技はなんだ」

言いふくめられていたにもかかわらず、上田聖が迫った。

「なんだといわれても困る。少し工夫をしてみた。それを試しただけぞ」

すなおに衛悟は言った。

「それにしては、みょうではないか。衛悟、手首を狙うなどおぬしらしくないぞ。涼天覚清流は、一撃必殺こそ極意。それをおぬしは、重々承知しているはずだ」

上田聖が追及を止めなかった。

「戦国の世ではないのだ。一刀で敵を屠《ほふ》ることが正しいとはかぎらぬ。頭を割れば、刃が曲がるやも知れぬ。胴を両断すれば、刃先が欠けるやも知れぬ。得物を失えば、勝負はそこまでなのだぞ」

衛悟も負けていなかった。

「多数に囲まれたならば、それこそ一撃で敵を倒さねば、こちらが続くまい。一人の敵を何度も相手にする愚をおかす気か」

「そうではない……」

「疾《はや》いのだな、敵は」

二人の言い争いを無視して、大久保典膳が口を出した。

「……はい」

上田聖から大久保典膳へ目を移して衛悟はうなずいた。

「無駄な動きを排したのか」

言われて上田聖も気づいた。

「転と違い、ずっと手首だけを狙っていたのは、そのためか」

大久保典膳が納得したと告げた。

柄を握る手首を断れば、まず相手はまともに戦えなくなる。手首の血脈から溢《あふ》れ出す血は、体力を削《けず》って動きを鈍くするだけでなく、放置しておけば命まで奪う。血脈を断れば、それは同時に手の筋も断つこととなる。片手が使えなくなるのである。戦いの最中、片手を失うことは、敗北同然であった。

「たしかに霹靂《へきれき》は、鎧兜《よろいかぶと》に身を包んだ武者を一刀で両断できるが、ちと動きが大きいからの」

青天の霹靂から名前を取った涼天覚清流の奥義は、雷鳴のごとき峻烈《しゅんれつ》なものであった。

「発すれば敵なしといえども、出せなければ意味がない。またかわされては無駄になる」

「はい」

師の解説を衛悟は認めた。

「相手の出鼻を制する。それしか勝機がないか」

「…………」

大久保典膳の問いかけに、衛悟は沈黙した。

「おまえより何枚も上手《うわて》のようだな、敵は」

「悔しいことながら、とてもおよびませぬ」

衛悟は唇《くちびる》を噛《か》んだ。

「ちょっと待て、衛悟」

止めるように上田聖が手をあげた。

「おぬし、そいつと戦ったことがあるのか」

「うむ」

「真剣でだぞ」

上田聖が念を押した。

「ああ」

衛悟は首を縦に振った。

「勝てぬ相手と戦って、なぜ生きている」

素朴な疑問を上田聖が呈した。

「見逃してもらったのであろ」

大久保典膳が的確に見抜いた。

「…………」

　衛悟はうつむくしかなかった。

「見逃す……なにを考えておるのだ、そいつは」

　上田聖がわからぬと首を振った。

　真剣勝負は命の遣《や》り取《と》りである。なにが起こるかわからない、次も勝てるとはかぎらない。そんななかで敵を見逃すなど異常でしかなかった。

「それだけの差があり、自信があるのだろうよ」

　あきれるように大久保典膳が言った。

「今の衛悟相手に真剣勝負をして、見逃すだけの余裕は儂にもない。一年前なら、できたろうがな」

　大久保典膳の言葉は、衛悟の進歩を表していた。

「敵は殺すときに殺しておく。剣士の心得だ。これは宮本武蔵《みやもとむさし》ほどの剣術遣いでも守った金科玉条。京の吉岡《よしおか》道場相手の決闘は知っておろう。宮本武蔵は最初に形だけの主でしかなかった吉岡源左衛門《げんざえもん》の幼子を斬った。それも隠れていた木の上から奇襲してだ。どう考えても武蔵の敵たり得ない子供さえ逃さぬ。それが、剣術遣いというものの宿命。生かしておけば、数年先、逆に命を奪われることになる」

「はい」

師の話に上田聖が同意した。

「衛悟の相手は、剣士ではない。なればこそ、工夫が必要なのであろう。ただ一心の一撃でかたをつける。己の心と技を太刀にこめる剣士の戦いとは違う」

「はい」

衛悟は首を縦に振った。

「卑怯未練《ひきょうみれん》と呼ばれても勝負は生き残った者が勝つ。宮本武蔵の名は知っていても、戦って負けた剣士の名前は知られることがない。だから負けた者は救われるのだ。後世まで敗者として名を嘲《あざけ》られることはまずない。佐々木小次郎《ささきこじろう》や吉岡源左衛門など特別な例はあるとしてもな。衛悟はその敗者の立場を何度も味わっておる」

大久保典膳が衛悟を見た。衛悟はまっすぐ師へ瞳を返した。

「……衛悟」

上田聖が悲愴な顔をした。

「聖、そんな顔をしてやるな。衛悟は復讐を遂げたいわけではない。勝ったと相手を嘲りたいのでもない。ただ、負けられぬ。そう考えているだけなのだ。衛悟の戦いに剣士の誇りなど必要ないのだ」

「…………」

無言で衛悟は頭をさげた。

「衛悟よ。柄の位置を下段より少しだけ上へ、残心を逆に少し下気味に抑えてみよ。切っ先が少し早くなるはずだ」

扇子《せんす》を使って大久保典膳が型を見せた。

「聖、少しつきあってやれ。手首に手拭《てぬぐ》いを巻くことを忘れるな」

「はっ」

勢いよく上田聖が立ちあがった。

「かたじけのうございまする」

衛悟は、二人へ感謝の思いを伝えるしかなかった。

三

御三家水戸家の上屋敷は小石川《こいしかわ》御門の外にある。十万坪をこえる敷地、巨大な庭園をもつ御三家にふさわしい豪壮なものであった。

藩主御座の間は表御殿のほぼ中央、泉水を望める風雅な造りになっていた。

「信敬《のぶたか》」

上座から御三家水戸六代藩主徳川参議《さんぎ》治保《はるもり》が呼んだ。

「なんでございましょうや」

応えたのは、水戸家付け家老中山備前守《なかやまびぜんのかみ》信敬である。

付け家老とは、徳川家康が己《おのれ》の子供たちを別家させるときに傅役《もりやく》として選んでつけた者のことである。紀州の安藤《あんどう》、尾張《おわり》の成瀬《なるせ》など譜代《ふだい》大名として恥ずかしくないだけの禄と官位を持っていたが、身分は陪臣《ばいしん》というゆがんだ存在でもあった。

ただ水戸家の中山家だけは、設立からして違っていた。中山家初代信吉《のぶよし》は、駿府《すんぷ》に隠居した家康のもとで執政を務めていた安藤や成瀬より格下の小姓組《こしょうぐみ》士であった。禄高も千五百石と少なく、水戸家初代頼房《よりふさ》附きとなってようやく一万石譜代大名格となった。

家康直属の譜代大名から御三家付け家老という陪臣へ落とされた安藤や成瀬とは違い、水戸家へ付属させられたお陰で大名へ出世した立場であった。

「神君の書付の話を聞いたであろう」

「はあ」

身を乗り出すようにした治保に対し、信敬は気のない返答をした。

「興味なさそうじゃの」

「我が家にはかかわりのないことでございますゆえ」

信敬が首を振った。

「なにを申しておる。中山家から譜代大名格の格が取れるやも知れぬのだぞ」

治保が、述べた。

「中山家は、もともと旗本でございました。水戸家の付け家老となることで、大名並の石高をいただいたのでございまする。水戸家から独立しては、もとの旗本へ戻ることになりまする。尾張や紀州の付け家老衆とは成り立ちからして異なっておるのでございまする」

「我が弟ながら、覇気のないやつよな」

聞いた治保が嘆息した。

信敬は、治保の弟である。水戸家五代宗翰《むねもと》の九男であった信敬は、跡継ぎのいなかった中山家九代政信《まさのぶ》のもとへ養子に入ったのであった。

「おぬしも神君家康さまの血を引く者ぞ。本来なら一門大名として十万石をもらって当然なのだ。それが陪臣で二万五千石で満足だと申すか」

「与力給地七千石を差し引いていただきますよう。中山家の石高は一万八千石。しかも五千石は松岡城《まつおかじょう》再建の費用としてお預かりいたした分。実質は一万三千石でございまする」

藩主治保の言葉を、信敬が訂正した。

「細かいことを申すの」

うっとうしそうに治保が、顔をしかめた。

「殿、まさかと思いまするが、あの書付《かきつけ》に手を出そうとお考えではございますまいな」

信敬が詰めよった。

「あの書付に書かれているのは、付け家老の身上がりについてだとか。御三家、神君家康さまの血を引く水戸家にとって、まったく意味がないもの。なにより書付はすでに御上のもとで保管されておるはずでございまする。いまさら手出しすることなど無理と申すもの」

「無理とわかっていてもやらねばならぬときもあろう。神君家康さまの伊賀《いが》越え、三方《みかた》ヶ原《はら》の合戦を見よ。どう見ても無茶でしかないことをなされたことで、天下をおとりになられた。もし、どちらかで家康さまがあきらめておられれば、幕府はなく、我らはここにおらぬ」

「……………」

徳川の幕府に属する者にとって家康の名前は絶対であった。信敬は沈黙するしかなかった。

「水戸も同じよ。このまま永遠に御三家とは名ばかりの家として、ずっと尾張、紀州の後塵《こうじん》を拝し続けることになるか、将軍を出して御三家御三卿の上に立つか。その決断を下すときこそ今だと、余は考える」

治保が語った。

「兄二人が五十万石をこえる所領を与えられ、官位も従二位まであがれるに比して、水戸家は三十五万石と従三位。一段低いあつかいじゃ。同じ神君家康さまの血を引くというに、この差はなんだ」

「たしかに」

信敬もうなずいた。

「なにか訳があるならば、納得もしよう。何一つ水戸家に落ち度はない。せめて御三家としてふさわしいだけの扱いを望むのは、贅沢《ぜいたく》なのか。きさまも水戸の血を引く者なればこの思いわかるであろう」

「……はい」

一瞬とまどった信敬だったが、同意した。

「であろう。しかし、戦のなくなった今、水戸家が十五万石の加増を受けるだけの理由がない」

戦場での手柄が禄を増やすもっとも確かで速い方法である。だが寛政《かんせい》の世に戦など、どこを探してもなかった。

かつては幕府を恐れさせた島津も前田も伊達も牙《きば》を抜かれた狼《おおかみ》、いや、尾を振る犬に落ちぶれてしまっていた。

「そのたった一つの手段が、将軍を出すことなのだ」

「将軍を出して水戸家を加増すると」

力強く言う治保へ、信敬が言った。

「そう簡単ではないがな。なにせ水戸から将軍を出したところで、加増させることはむつかしい」

「どういうことでございまするか」

「前例があるからな。紀州を思いだせ。吉宗を将軍として差しだしたが、なにか変わったか。領土はあいかわらず辺鄙《へんぴ》な場所のまま、石高も増えてはいない。官位もあがらず、城中で尾張と座る場所が入れ替わったわけでもない」

淡々と治保が言った。

「なぜだかわかるか」

問う治保に信敬が首を振った。

「将軍を出すことは御三家の使命。手柄ではないからだ。神君家康さまは、将軍家に人なきとき、三家からふさわしい者を立てよと命じられた」

「将軍を出すことが手柄でないならば、どうやって水戸家を」

「そんなもの、将軍となってしまえばいくらでもやりようはあろう。紀州が引きあげられなんだのは吉宗がしなかっただけだ。吉宗はすべての子供を江戸城へ入れ、紀州に残さなかった。紀州を捨てたのだ。あいつはな。それを水戸がまねする必要はあるまい。前例を破る理由もどうにでもつけられる。そうよな、昨今沿岸に近づいてきている南蛮船への警固《けいご》を理由にすればいい。江戸湾の出入口である房総《ぼうそう》を南蛮船から守るためとでもすれば、どこからも文句は出るまい」

「なるほど、仰《おお》せのとおりでございまするな」

信敬が首肯した。

「そうなれば、そなたも大名よ。さいわい、そなたは我が弟だ。水戸の分家とするになんの障害もない。中山の家へ養子に出たゆえ五万石ほどではあろうが、あらたに領地もあたえられることになろう」

興奮してしゃべり続ける治保に対し、信敬の目はさめていた。

「ところで」

「なんじゃ」

機嫌よく訊いた治保へ信敬が冷水を浴びせた。

「殿はその話をどこで耳になされました」

「どこでもよかろう」

治保が不機嫌になった。

「そうは参りませぬ。お墨付きは、将軍家にさえ披露されることなく、奥右筆部屋にしまいこまれましてございまする」

「ならば、そなたが知っているのはなぜだ」

「あの書付が、付け家老の身上がりについてであるとは、さきほど申しました。駿府でお墨付きが見つかったとき、尾張の成瀬家から話が参りました。ともに手を組み、譜代大名へ復帰しようと。そのおりに書付の存在を教えられ、結末は安藤対馬守信成《つしまのかみのぶなり》さまよりお伝えいただきました」

子細を信敬が話した。

「対馬守か。まずいな」

「書付は二度と表に出ることはない。軽挙妄動するなとのお言葉を対馬守さまよりいただきましてございまする」

信敬が告げた。

「ふん。付け家老を抑えたか」

安藤対馬守の指示が、水戸の付け家老中山家だけに向けられたものでないことくらい、子供でもわかる。

「付け家老をつうじて、御三家へ自重を求めたのでございましょうな」

「わかっておるわ。で、他に話はなかったのか」

「それだけでございました」

「太田備中守からはなにか申してきておらぬのか」

不満そうな顔のまま治保が尋ねた。

「今のところなにも」

ちいさく信敬が首を振った。

太田家と水戸家はかかわりが深かった。

慶長《けいちょう》八年（一六〇三）に生まれた頼房へ、家康は太田道灌《どうかん》の子孫である太田重正《しげまさ》由縁《ゆかり》のお八之方《はちのかた》を養母としてつけた。

頼宣《よりのぶ》、義直《よしなお》にさえつけていない養母を選んだ家康の目的は、頼房を江戸の北方を守る要《かなめ》にするつもりだった。のち頼房が、一時太田重正の属していた佐竹《さたけ》氏の所領を受けたことからも家康の意思はわかる。

家康は幕府を開いた江戸の守備に晩年をかけた。

次男秀康《ひでやす》を京をうかがえる福井に配し、九男義直に尾張を与えて東海道を抑えさせ、十男頼宣は箱根の関所を扼《やく》する駿河で育てる。西からの侵略の備えを終えた家康は、北からの敵を防ぐために頼房を選んだ。

常陸《ひたち》の国はもともと佐竹氏の所領であった。関ヶ原で中立を保った佐竹義宣は、家康と直接戦わなかったことがさいわいし、秋田への減転封《げんてんぽう》で生きのびた。江戸に近い常陸を取りあげたはいいが、代々常陸で良政を布《し》いていた佐竹氏の後を一門に与えるにはかなりの反発が考えられた。佐竹氏のもとで常陸の一郡を預かっていた太田家を頼房の後見につけたわけはそこにあった。

「そうか、もういい」

治保は、弟信敬へ手を振った。

「誰かおらぬか」

「これに」

信敬を下がらせた治保の声に、近習《きんじゅ》が姿を見せた。

「駕籠《かご》を用意いたせ、寛永寺《かんえいじ》へ参る」

「はっ」

あわてて近習が駆けだした。

寛永寺は徳川家の菩提寺《ぼだいじ》である。一門である水戸徳川の当主が参詣することになんの問題もなかったが、不意はまずかった。

まず寛永寺の門跡《もんぜき》の在不在を確認しなければならなかった。そこらの大名ならば、門跡である公澄法親王《こうちょうほうしんのう》が相手することはないので、不在でもかまわない。しかし、御三家の当主となれば、参詣につきあわずとも、茶の相手くらいはしなければならなかった。

もっとも朝廷から幕府へ差しだされた人質でもある寛永寺門跡が、勝手気儘《きまま》に江戸を離れることはなく、その生涯を境内で終えるのだ。つごうというほどのものはなかったが、礼儀として先触れは必要であった。

「お駕籠の用意を。誰か、寛永寺へ殿のお出ましを伝えに参れ」

小石川から上野の寛永寺まではそれほど離れていなかった。

かなりの無茶であったが、先祖の墓参りである。誰も止めることはできない。一刻た。（約二時間）ほど準備に費やしたが、昼過ぎ、治保を乗せた駕籠は寛永寺へ向けて出た。

東叡山《とうえいざん》寛永寺では、僧侶が列をなして治保を出迎えた。

「まずはお参りを」

紫衣の僧侶の先導で、治保は東照宮《とうしょうぐう》へと参詣した。

「神君……」

東照宮の前に立った治保が手を合わせた。先導の僧侶も家臣たちも遠慮して、かなり離れたところで待機していた。

「お恨《うら》み申しあげまするぞ。なぜ御三家と言われながら水戸だけが格下に甘んじねばなりませぬか」

治保が、東照宮を睨《にら》んだ。

「いや、御三家ではなく、徳川の名前さえ許されていない他のお子がたとも差がござった。次男秀康さまが六十七万石、四男忠吉《ただよし》さま六十二万石、六男忠輝《ただてる》さま六十万石」

指を折りながら治保が数えた。

「藩祖頼房さまは、ご不要でござったのか」

徳川家康の十一男、最後の男子となる頼房は、慶長八年（一六〇三）伏見城《ふしみじょう》において生まれた。関ヶ原の合戦から三年、家康将軍宣下より五ヵ月のちのことであった。

「将軍となり、天下も取った。すでに成人した男子が五人、元服していない男子が二人おられた。乱世に信じられる者は血を引く子。しかし、泰平となれば同族ほど揉《も》め事《ごと》のもととなる。将軍の位は一つしかない、それを引き継ぐことのできる家系が八つでは、多すぎる。だからこそ御三家を作り、ほかの一門と区別されたのではございませぬのか」

治保が訴えた。

「頼房さまの不満を、神君さまは知らずに逝かれた。いや、ご存じでありながら無視されたか。徳川の名前を冠していながら、一門の大名よりも少ない領地、なにより参勤交代の義務がない旗本扱い。頼房さまはこんな水戸家ならば潰《つぶ》してしまえと、生まれた子供を誰一人認知されなかった。おわかりでござろう。公式に子がいなければ、水戸はたとえお血筋でも改易となる。付け家老であった中山備前守《びぜんのかみ》の機転がなければ、水戸は潰れておりました」

初代付け家老中山備前守信吉が、頼房の三男光圀を家光《いえみつ》へ会わせたお陰で、水戸は存続した。

「本日は、お断りに参りましてございまする。水戸は、本家を食いまする。そして本家に代わって天下をわがものといたしましょう」

宣言した治保が、一礼した。

参詣を終えた治保は、別当《べっとう》の寒松院《かんしょういん》へと案内された。

「ご無沙汰《ぶさた》をしておりまする。門跡さまには、お健やかなご様子、なによりとおよろこび申しあげまする」

玄関先で出迎えた公澄法親王へ、治保が挨拶を述べた。

「参議どのもお元気そうでなによりでござる」

鷹揚《おうよう》に公澄法親王が応えた。

「一服進ぜましょうほどに」

公澄法親王が、治保を茶室へと案内した。

茶室ほど密談に適した場所はなかった。室内は狭く、建物も小さい。腹心に周囲を固めさせておけば、なかでなにが語られたとしても外へ漏れることはない。

「ごめんを」

にじり口から入った治保は、公澄法親王以外に人がいると気づいて、驚いた。

「この者は……」

薄汚れた墨衣をまとった老僧は、寛永寺門跡と御三家水戸当主の茶会に似つかわしくなかった。

「覚蟬《かくぜん》という。予《それがし》の腹心と思うてくれればよい」

公澄法親王が紹介した。

「覚蟬と申しまする。お見知りおきをくださいますように」

歯の抜けた口で覚蟬が挨拶をした。

「……徳川参議治保である」

いくら公澄法親王の言葉があったとはいえ、治保の声は警戒を含んでいた。

「身形《みなり》がひどすぎるのだ、覚蟬」

公澄法親王が苦笑した。

「いたしかたございませぬ。いまの拙僧は寛永寺を放逐《ほうちく》された破戒坊主。毎日あやしげなお経を唱え、数文の喜捨《きしや》で糊口《ここう》をしのぐ願人《がんにん》坊主でございますゆえ」

覚蟬も笑った。

「まことに、門跡さまの……」

親しげな二人の様子に、ようやく治保が納得した。

「参議どのが来られるなら、顔見せをすませておこうと考えたのでな」

「さようでございましたか」

「こう見えても、覚蟬は御山で筆頭となったほどの学僧じゃ。その身を落としてまで、予に仕えてくれておる」

「では、覚蟬どのが……」

「覚蟬とお呼び捨てくださいませ。以後は、門跡さまではなく、拙僧が参議さまとお話をさせていただきまする。わたくしならば、いつどこへ現れましてもおかしくございませぬ」

縄張りはあったが、どこにでもいる。それが願人坊主であった。

「なるほどの」

治保がうなずいた。

「で、本日はどうなされた。急なお参りであったが」

茶を一服点《た》てたところで、公澄法親王が問うた。

「このようなことがございまして……」

付け家老でもあり弟でもある中山備前守信敬との話を治保が語った。

「もちろん、書付のお話がこちらから教えていただいたとは、口にいたしておりませぬ」

治保が、告げた。

「…………」

聞き終わった公澄法親王が、覚蟬を見た。

「さすがは老中になるだけのことはあるというところでございましょう。しっかりと付け家老に釘を刺しておりまするな」

覚蟬が言った。

「付け家老が望むのは、中途半端な身分からの離脱。譜代大名でもなく、陪臣とも言いきれぬ。仕える相手が、将軍なのか、御三家なのかわからぬ立場。武士は主君あって初めて成りたつ。陪臣としてしまえば、付け家老は御三家の家老として藩のために働きましょう。また譜代大名としてしまえば、御三家から独立してしまい、なにかと幕政に口出しをして来かねませぬ。それだけの名門ばかりでございますで」

「絶妙な手だの。御三家の目付としても遣えるしの」

公澄法親王が、感心した。

「口をはさませていただきまする。他の付け家老どものことは存じませぬが、水戸の付け家老中山備前守は、わが弟でございまする。弟が本家を裏切るなど……」

「それが人というものであろう」

冷たい言葉を公澄法親王が吐《は》いた。

「血筋がなによりのものと信じられるならば、十代将軍家治どのの御嫡男家基どのが、亡くなることはなかったでございましょう。いや、そのまえに三代将軍家光どのが弟忠長《ただなが》どのの切腹はありえなかったはず」

徳川の歴史は同族の血で染まっているといっても過言ではなかった。

最初は家康の長男信康《のぶやす》だった。優秀な武将としての片鱗《へんりん》を見せていた信康は、武田《たけだ》家への内通を理由に切腹させられた。嫡流の断絶が、その後の徳川家を変えた。長男での継承が崩れたためである。長男が死したならば次男がその後に入る。当然のことを家康はしなかった。三男の秀忠《ひでただ》に将軍を譲った。悪《あ》しき慣習の始まりである。

秀忠の三男忠長が、死ななければならなかったのもここに原因があった。兄を押しのけて将軍になれると思いこんだのだ。

その後も将軍位を巡って徳川は争い続けていた。

「いや、むしろ、血のつながりがあるだけ難しゅうございましょうな」

覚蟬が重く言った。

「どういうことだ」

治保が、きびしい目をした。

「中山備前守は、九男とはいえ、水戸の公子。探せば大名家への婿入りぐらいはできましょう。しかし、行かされた先は家臣筋。兄は三十五万石の主として、己の上に君臨する。僻《ひが》まないほうが、どうかしておりますな」

「信敬が、余を、水戸家を裏切ると……」

「裏切り……違いましょう。付け家老の家は譜代大名として、幕府に顔を向けておりまする。つまりは裏切りではなく、職務に忠実なだけ」

ゆっくりと覚蟬が首を振った。

「御三卿があるいま、御三家の意味は変わったというべきでございましょう」

「不要になったというか」

覚蟬の言葉に治保が激昂《げっこう》した。

「そこまでは申しませぬ。不要ではなく、臣下の一譜代になれと。太田備中守《びっちゅうのかみ》の忠告はそれを言いたいのではございませぬか」

「一譜代だと。神君の血を引き、徳川の名を許された御三家が」

「…………」

興奮する治保を公澄法親王と覚蟬は、無言で見守っていた。

「譜代になれば、神君から預かった領地さえも、幕府の思いどおりにされるではないか。それこそ水戸から奥羽へ移封、いや、九州へ行けと命じられてもさからえぬことになる」

治保の顔色がなくなった。

「参議どのよ。朝廷の今が、御三家の行く末なのだ。名だけで実《じつ》のない。尊皇の思い高き水戸家がそうなってもらっては困る。水戸があればこそ、徳川と朝廷はまだ断絶いたしておらぬのだ」

「かたじけなき仰せ」

公澄法親王の言葉に治保が感激した。

「主上こそ、この国の正しき継承者。それを守るのが武士。北面《ほくめん》の創設、そのころに戻るべきなのだ。そうすることで国は一つにまとまり、異国からの侵略にも耐えられる。そうであろう」

「まことに」

覚蟬が頭をさげた。

「異国の船が、近隣に姿を現している。その意図が親交ならばよいが、違ったとき、今の幕府では太刀打ちできまい」

「きっとわたくしがお守りいたしまする」

治保が、身を乗りだした。

「信じておる。我が身は参議どのに任せたからの」

「おそれいりまする」

天皇の一族である門跡の信頼に、治保が誇らしげな顔をした。

「しかし、主上は誰がお助けいたすのだ」

公澄法親王が問うた。

「京都所司代などと申してくれるなよ。あれは、主上を見張るためのものだ」

「承知しておりまする」

治保がうなずいた。

「予はの、参議どのに主上のお守りをお願いしたいのだ」

「それは……」

「そうじゃ。二代光圀どの以来尊皇の家柄である水戸家こそ、征夷大将軍にふさわしい。そうであろ、覚蟬」

「仰せのとおりでございまする」

覚蟬も同意した。

「頼む、参議どの」

公澄法親王が軽く頭をさげた。

「も、もったいない」

治保は、感激して帰って行った。

「覚蟬」

二人となった茶室で、公澄法親王が腹臣を見た。

「あれでよいのかの。予は人を騙《だま》した。仏の道に反してしまった」

苦い顔で公澄法親王が言った。

「平清盛《たいらのきよもり》に政《まつりごと》を奪われて以来、五百年以上、朝廷は屈辱を味わって参りました。何代の主上が失意のうちに亡くなられたか。それを思えば、このていどのこと」

「そうであるな」

「なにより、このすべての責はわたくし覚蟬にございまする。宮さまは、なにもご存じない」

覚蟬が首を振った。

「すまぬ」

うなだれる公澄法親王へ、一礼して覚蟬は茶室を出た。

「地獄へ墜《お》ちるのはわたくしだけで十分だ。ただ、道筋を作ってもらわねばならぬ」

暮れていこうとする日に、覚蟬がつぶやいた。

四

いつものように併右衛門を屋敷へ送った衛悟を、不機嫌な瑞紀が迎えた。

「お帰りなさいませ」

併右衛門には変わらぬ笑顔で接する瑞紀が、衛悟には口もきかない。

「…………」

「それではこれで」

居づらくなった衛悟は、さっさと踵を返した。

屋敷に戻った衛悟を待っているのは、兄賢悟との気まずい夕餉《ゆうげ》であった。

「その後、お側役さまからご連絡はないのか」

毎晩の問いを賢悟がくりかえした。

「なにもございませぬ」

立花家での膳に比べて、柊家のそれは質素である。立花家では毎晩ついていた魚など月に一度もあればいいほうで、ほとんど毎日野菜の煮物と味噌汁《みそしる》、漬けものだけであった。もっとも少し前までは、衛悟の膳に煮物はなく、汁と漬けものだけだったことを思えば、かなりの厚遇には違いなかった。

「訪ねていったのか」

賢悟が咎《とが》めるように言った。

「行けるはずなどございませぬ」

永井玄蕃頭から、ときどきは遊びに来て剣談でも聞かせてくれと言われた衛悟であったが、そう簡単なものではなかった。

側役は将軍の近くに仕え、いずれ執政となっていく。将来の老中候補と、二百俵の、しかも部屋住みでは格が違いすぎた。

「それでは、どうにもならぬではないか。側役さまは多忙だ。こちらから催促せねば、衛悟のことなど忘れてしまわれる。嫌がられるくらいでちょうどいいのだ」

教えるように賢悟が述べた。

柊家は三代続いて無役であった。それから脱したのは林家学問所で優等の成績を残した賢悟の努力であった。

賢悟は、組頭のもとへ日参し、面会を願った。

無役の小旗本は小普請組《こぶしんぐみ》へと編入される。その名のとおり、江戸城の小さな修繕を担う役目であるが、実際は仕事などなかった。役料どころか小普請金という、修繕負担金を召しあげられ、無為にすごすだけであった。

その境遇から抜け出るため、役目につきたい者は、所属する小普請組組頭のもとへ面会を求めに行く。小普請組組頭に会って、自分はこんなことができる、先祖にはこんな功績がありましたと告げて、推薦状をもらうのだ。

朝から小普請組組頭の屋敷前は、役目を求める者で行列ができた。

もちろん、すべてと面会していたのでは、小普請組組頭の仕事ができなくなる。早くから並んでいる者、伝手《つて》のある者、あわせて数十人ほどと、面会が許されるのは、かぎられていた。伝手を持たない者にとって、行列の前方はまさに奪いあいであった。

かといって前日から並ぶことは、武家の門限からできなかった。そんななか賢悟は二年間、一日も欠かさず七つ（午前四時ごろ）には屋敷を出て、行列の先頭にあり続けた。この努力がみのって、評定所与力という役目を得ることができた。

「努力せねば、なにも手にすることはできぬ。熟柿《じゅくし》を食べたければ、枝の高いところまで登らねばならぬ。虎穴《こけつ》に入《い》らずんば虎子《こじ》を得ず。いくつでもその手のことわざはある。先人の知恵に学ばぬか」

「はあ」

衛悟は食欲をなくした。剣術遣いの常、いつも腹は空いているのだが、とても喰《く》える雰囲気ではなかった。

「馳走《ちそう》でありました」

膳のうえのものをとりあえず片づけると、お代わりをせずに衛悟は箸《はし》を置いた。

「では、下がらせていただきまする」

話に夢中で食べ終わっていない兄賢悟を残して、衛悟は立ちあがった。

「数日中に、かならずお側役さまのお屋敷をお訪ねせよ。幸枝」

賢悟が妻を呼んだ。

「はい」

「なにか手土産《てみやげ》になりそうなものを用意してやれ。近くに来たものですからと出せるていどのものを」

「承知いたしました」

兄嫁幸枝が首肯した。

「実家に頼んで、なにか用意いたさせましょう」

幸枝の実家は将軍の食事をつかさどる台所頭《だいどころがしら》である。禄高も格式も高くはないが、出入りしている八百屋や魚屋などからの付け届けが多く、内証はかなり裕福であった。

「休ませていただきまする」

頭をさげて衛悟は自室へ引いた。

激務を終えて帰邸した老中太田備中守を待っていたのは、震える留守居役《るすいやく》田村一郎兵衛であった。

「いかがいたした」

嘆息しながら、寵臣《ちょうしん》の具合を太田備中守が訊いた。

「殿……」

田村一郎兵衛がか細い声を出した。

「手出ししてはいけないものへ、触れてしまったようでございまする」

「…………」

聞いた太田備中守も黙った。

「ずっと、ずっと、屋敷を出てからずっと、誰かにあとをつけられておるのでございまする」

「気のせいではないのか」

問うた太田備中守に、田村一郎兵衛が立ちあがって後ろを向けた。

「袴《はかま》の腰板を……」

「なん……うっ」

言われて目をやった太田備中守が絶句した。

田村一郎兵衛の腰板が、まっすぐにまんなかから斬られていた。

「まったくわかりませぬ……いつやられたのか」

震えを大きくして、田村一郎兵衛が首を振った。

剣先が届くまでの距離に近づいたうえ、気づかれずにこれだけのことをしてのける。相手の技量のすさまじさが、一目でわかった。

「甲賀組はなにをしている」

「わかりませぬ。いえ、怖ろしくて近づけませぬ」

完全に田村一郎兵衛は怯《おび》えていた。

「御前さまにおすがりを願えませぬか。あの冥府防人を抑えられるのは、御前さまだけでございましょう」

田村一郎兵衛が泣くような顔で求めた。

「愚かなことを申すな。いかに水戸からの依頼とはいえ、引き受けたのは我らぞ。それが、失敗しましたゆえ、お許し願いまするなどと言ってみよ、余は明日にでも御用部屋から放逐《ほうちく》されるわ。それだけですめばいいが、太田家が無事であるという保証はない。そうなったならば、責はきさまに取ってもらうぞ」

きびしい顔で太田備中守が怒鳴った。

「そんな。冥府防人を排除できれば、御前さまへさらに食いこんでいけると言われたのは、殿ではございませぬか」

「黙れ。それ以上申すな。下がれ。いいか、なんとかせよ。三日だ。三日以内にかたをつけよ。どういう形でもよいが、御前さまの機嫌を損ねぬようにじゃ」

いらだちを言葉にのせて、太田備中守が寵臣を下がらせた。

「どうしろというのだ。水戸家は、自ら動こうとせぬし、甲賀組は、失敗してから静まりかえったままだ。伊賀組はかつてのいきさつがあり、使えぬ」

太田備中守が苦い顔をした。

「御前の力を削《そ》ぎ、水戸の後ろ盾《だて》を得る。太田家にとって一挙両得の話であったはずが……この後始末をどうするか。あやつ一人の命ですめば……」

冷たく太田備中守の瞳が光った。

二日後、兄嫁幸枝が、砂糖を五百匁《もんめ》（約一・八キログラム）手配してくれた。

「薩摩《さつま》藩から将軍家へ差しあげているものでございまする。これならば、側役さまへの手土産として遜色《そんしょく》ありますまい」

兄嫁が実家の威光を誇った。

「ありがとうございまする」

礼を言って衛悟は受けとった。

「では、いってらっしゃいませ」

満面の笑みを浮かべた兄嫁に見送られて、衛悟は屋敷を出た。

「お出かけでございまするか」

隣家の門前に、不機嫌な瑞紀が立っていた。

「ちと所用で……」

逃げるように衛悟は足を早めた。

「養子か」

武家の家に生まれた者の宿命だと思い、当主となることを望んでいた衛悟だったが、かつてほどの熱意を持てなくなっていた。

「世間体でしかないのかも知れぬな」

旗本が本来の姿、将軍の矛《ほこ》と盾でなくなって長い。太刀が重いとぼやく旗本が大多数となった世で、衛悟のような剣術遣いは生きにくかった。

「これだけ渡して帰るとするか」

ずっしりと重い砂糖を衛悟は持ち直した。

側役は三日に一日の勤務である。出た日は宿直《とのい》までこなし、丸一昼夜城中で過ごすこととなった。

「柊衛悟と申す。佐藤記右衛門どのは、おられましょうか」

訪《おとな》いをいれた衛悟のことを門番は覚えていた。

「どうぞ、なかへ」

「いやいや、お忙しいのをお邪魔いたしてはなんでござる。門前でお目にかかれればけっこうで」

主君の客扱いされては、帰るに帰れなくなってしまうと衛悟は遠慮した。

「では、すぐに」

門番の言うとおりであった、待つほどもなく佐藤が顔を出した。

「これは柊どの」

「先日はお世話になりかたじけのうございました。これは、礼にもなりませぬが、なにとぞ押してお納めを」

衛悟は手にしていた砂糖を差しだした。

「これはお気遣いをいただき、かえって申しわけなきことになりました。主《あるじ》、あいにく、役目にて留守をしておりまする」

受けとって佐藤が詫《わ》びた。

「不意にお訪ねしたのでございますれば、なにとぞお気遣いなく。どうぞ、玄蕃頭さまへ、よしなにお伝えくださいますよう」

衛悟はさっさと別れの挨拶をした。

「せめてお茶だけでも」

佐藤が引き止めた。

「主も半刻（約一時間）ほどでもどりましょうほどに」

宿直は五つ（午前八時ごろ）過ぎに終わる。引き継ぎや残務を片づけて下城できるのが、四つ（午前十時ごろ）を回ったころである。屋敷まで行列をしたてたところで四つ半（午前十一時ごろ）には着く。

「とんでもございませぬ。お役目でお疲れのところ、わたくしごときがお邪魔しては申しわけもございませぬ。どうぞ、またの機会に」

あわてて衛悟は遠慮した。

「さようでございまするか。では、日をあらためてということで」

ようやく佐藤があきらめた。

「では」

一礼して、衛悟は永井屋敷をあとにした。

そろそろ昼であったが、衛悟は自邸へ帰らず、本所深川《ほんじょふかがわ》へと永代橋《えいたいばし》を渡った。永代橋は、元禄《げんろく》年間、五代将軍徳川綱吉の御世に架けられた。隅田川《すみだがわ》をこえる重要な橋の一つであったが、その維持経費の大きさに悲鳴をあげた幕府は享保《きようほう》四年（一七一九）、町方へ譲り渡した。ために、永代橋を渡るには武家と僧侶神官以外は二文の通行料を必要とした。

「飯を喰《く》うか」

橋を渡った深川には、多くの屋台が出ていた。

衛悟の懐には、十分な金があった。かつて団子の数が一つ多いという理由でわざわざ遠出していたころとは、大きな違いであった。

だからといって身についた貧乏性が消えたわけではない。けっきょく衛悟は、川岸に並んでいる屋台の煮売り屋を選んだ。

「飯と……鰯《いわし》があるか。鰯の焼き浸《び》たしを」

「へい」

屋台の親父が首肯した。

朝炊いたであろう飯は冷えていたが、醬油《しょうゆ》に浸《つ》けた鰯とよくあい、衛悟は二匹の鰯で三杯お代わりをした。

「贅沢《ぜいたく》なことをなされておられるな」

食事を終えた衛悟に声がかかった。

「覚蟬どのではないか」

振り向いた衛悟は馴染《なじ》みの老僧を見つけた。

「昼間から生臭ものを口にできるとは、いやいや、お控えどのも変わられたものよ。善哉《よきかな》、善哉」

手を振りながら覚蟬が近づいてきた。

「一緒に団子を食べたあのころが、遠い昔のように思えますわい。よほどよい養子先がみつかったようでございますな」

「勘弁してくだされ」

からかわれて衛悟は、小さくなった。

「馳走《ちそう》であった」

いごこちが悪くなった衛悟は代金を支払って煮売り屋を出た。

「ご坊はあいかわらず壮健なごようす」

「破戒坊主は、死して極楽に行けるわけでもなく、かといって得度した者を地獄は受けいれず。行き場所がなく、ただ現世《うつしよ》で迷っておるのでござるよ」

歯のない口を大きく開けて、覚蟬が笑った。

「久し振りでござる。いかがでござろうか、団子でも……」

「律儀屋《りちぎや》でございますな」

覚蟬の誘いに衛悟はのった。

律儀屋とは、深川大橋をこえたところにある団子屋であった。

当初は一串に五つの団子がついて、どこでも五文だった。それが明和《めいわ》五年（一七六八）に四文銭の通用で変わった。団子の代金として四文銭一枚を置いてすますようになったのである。困った団子屋は、一串にささっていた団子の数を四つに減らすことで対抗した。だが、なかには五個のままを貫いた店もあった。律儀屋はそんな一軒であった。もともとは別の屋号であったのだが、団子の数を減らさなかったことを賞した庶民たちによって、律儀な団子屋と言われるようになり、そのまま定着したのだ。

二人は律儀屋へ着くまで無言で歩いた。

律儀屋は繁盛していた。

なんとか座る場所を見つけた二人は、並んで腰をおろした。

「団子を五串とお茶を」

「こちらは一串と茶を頼む」

覚蟬に続いて衛悟も注文した。

「昼餉《ひるげ》代わりでございまするでの」

多すぎる団子の数を、覚蟬が言いわけした。

「そうそう、しばらくお顔を拝見しておりませなんだが、どうかなされておられたのかの」

覚蟬が問うた。

「……少し修行を」

正直に答えることはできないと衛悟はごまかした。

「ほう。もちろん剣術の」

「ええ」

衛悟は首肯した。

「おまちどおさま」

律儀屋の茶汲《く》み女が盆に二皿の団子と茶碗を持って現れた。

「おおっ、待っていた」

うれしそうに覚蟬がとびついた。

「歯が悪くなると、団子のようなものが、いっそううまく感じますな。といったところで、噛まねばならぬものが喰えなくなった裏返しでしかございませぬがの」

団子をほおばりながら、覚蟬が言った。

「人はなにかを失う代わりに、別のものを得る。いや、なくしたものの大きさに気づかず、手にしたものの価値を高く考える」

「はあ」

衛悟は覚蟬の言いたいことを理解できていなかった。

「たとえ話をしましょうかの」

口のなかの団子を茶で流した覚蟬が語りかけた。

「お控えどのに養子の口が見つかったといたしましょう」

「…………」

黙って衛悟は聞いた。

「養子が成立すれば、お控えどのは御当主どのとなる。旗本という地位を得られるわけだ。そのかわりに、柊家の次男という立場を失う。当主となれば、律儀屋で団子を頰《ほお》ばることも、屋台で飯を喰うことも、思い立ったときに剣術の稽古をしにいくこともできなくなりまする」

「それは……」

言われて衛悟はあらためて、当主の堅苦しさを思った。

「拙僧など寛永寺の貫首《かんじゅ》にしてやると言われても御免《ごめん》でございますな。いつも誰かにかしずかれ、したいこともできぬ、喰いたいものも喰えぬ。明日もわからぬ願人坊主がよほど気楽。起きたくなければ一日寝ていても叱《しか》られず、どこへ流れていこうとも気のむくまま」

最後の団子を口にして、覚蟬は両手をあわせた。

「剣術もそうでございましょう。人を斬って腕をあげる。それは剣術遣いとしてこえなければならぬ壁かもしれませぬが……」

茶を覚蟬がすすった。

「その壁は一度こえてしまうと、二度と戻ることができぬのでございますよ。進むことがかならずしも正しいとはかぎりませぬ」

覚蟬が立ちあがった。

「いや、身に合わぬ説教をしてしまいましたな。申しわけないことで。では」

「戻ることのできぬ一歩……」

人混みのなかへ消えていく覚蟬の姿を、衛悟は呆然《ぼうぜん》と見つめた。

第三章　重代の恨《はん》

一

家斉は不機嫌であった。

飾りとはいえ、将軍の不興は側《そば》に仕える者へ大きな負担を強《し》いた。小姓組番士《こしょうぐみ》、小納戸《こなんど》など、家斉近くにいる者は、朝から胃の痛い思いをしていた。

「政務のご報告は以上でございまする」

いつものように将軍決裁を求めに来た太田備中守へも、家斉は満足な会話をしなかった。

「よきにはからえ」

「はっ。ご英断おそれいりまする。奥右筆《おくゆうひっ》」

「ただちに」

当番の奥右筆が、筆をもって家斉のもとへ膝行《しっこう》した。

「花押《かおう》をお願いいたしまする」

筆を目より高く掲げて、奥右筆が平伏した。

「ふん。花押か。判でもつくればどうだ」

皮肉を言いながら家斉が、次々と花押を記していった。

「これにて本日のご政務、終了いたしました。お見事なる裁断、備中《びっちゅうの》守《かみ》感服つかまつりましてございまする」

儀式どおりの言葉を述べて、太田備中守と奥右筆が将軍家御休息の間から去っていった。

「裁断など、させてもくれぬではないか」

家斉が不満を口のなかで漏《も》らした。

「越中《えっちゅうの》守《かみ》をこれへ」

「白河さまでございましょうか」

小姓が確認した。

幕府の官名は律令外であった。本来一人でなければならない役名も、望めばつけることができた。越中守と名のっている者も、数名いた。

「そうじゃ。さっさとせぬか」

声を荒らげることなど滅多《めった》にない家斉が、いらだちをそのまま口にした。

「た、ただちに」

言われた小姓が、小走りに駆けていった。

松平越中守定信は、御三卿《ごさんきよう》田安から白河松平へ養子に入り、寛政《かんせい》の改革をおこなった老中であった。倹約を根本とした施政は、田沼主殿頭《とのものかみ》意次によって乱れた幕政を建てなおすことに成功したが、急激な改革は大奥などの反発を招き、志《こころざし》半ばで執政の座から追われた。今は、執政であった者への名誉として与えられる将軍家ご下問衆《かもんしゆう》の座、溜間詰《たまりのまづめ》で一日を過ごしていた。

「お呼びと聞き、参上つかまつりましてございまする」

待つほどもなく松平定信が、現れた。

「庭を散策する、供いたせ」

「はっ」

歳下の将軍の命を松平定信は受けた。

庭草履《にわぞうり》を履《は》いた家斉は、松平定信を置き去りにする勢いで、足早に泉水へと向かった。中奥に設けられた庭園は、吹上《ふきあげ》のお庭などと比べるとかなり小さいが、それでも築山《つきやま》や松林を擁《よう》し、少し奥へ入ると御殿から、見られることはなくなった。

「越中」

重い声で家斉が呼んだ。

「あまりではないか」

「上様……」

いたわしげに松平定信が、家斉を見た。

「神君の遺された書付《かきつけ》を、なぜ、躬《み》は見られぬのだ」

「それは……」

松平定信が口ごもった。

家康が付け家老に選んだ大名たちへ渡した書付には、譜代《ふだい》大名への復帰について記されていた。関ヶ原の合戦を終えて、天下を手にした家康は、諸大名の反乱を抑えるため、九男義直、十男頼宣、十一男頼房の三人の子供を、尾張《おわり》、駿河《するが》、水戸の要路へ配置した。

そのときまだ若い子供たちの補佐として、経験豊かな譜代大名を付属させた。それが付け家老の始まりであった。付け家老に選ばれた者は、家康のもとで老中を務めた者、家康の母於大《おだい》の方の実家など、徳川でもとくに重きを置かれる家柄ばかりであった。

家康にしてみれば、老いてからできた子供たちへの心遣《こころづか》いであった。子供たちが一人前の武将となるまで共にいてやることができないだろう、老いた父親の想い。これは付け家老たちにとって迷惑千万であった。

天下人の直臣から、その息子の家臣へと落とされるのだ。いかに、家康の信頼が厚い証拠であると言われても納得できるものではなかった。

そこで家康は、付け家老の役目を終えたならば、譜代大名に戻すとの約定《やくじょう》をせざるをえなかった。それが、先日駿府で見つかったお墨付きであった。

しかし、初代付け家老たちは、お墨付きを使うことができなかった。理由は、御三家が将軍家にとって、目の上のたんこぶとなったからであった。

戦国が終わり、徳川家へ敵対する大名がなくなってしまえば、現れてくるのは身内による争いである。二代秀忠は御三家を忌避《きひ》した。とくに家康の隠居領であった駿河を相続した十男頼宣を警戒した。

子供のなかでもっとも武将としての素質をもった頼宣は、家康に深く寵愛《ちょうあい》された。表高の数倍といわれる領地、規模では江戸城に及ばぬものの、堅牢な駿府城、なにより家康が最後まで手元において薫陶《くんとう》した家臣たち。このすべてを頼宣は譲られた。秀忠は、他の弟たちへの見せしめも兼ねて、頼宣から駿河を奪い、紀州へ追いやった。

そのとき秀忠は、抵抗する頼宣を、付け家老安藤帯刀《たてわき》を利用して抑えこんだのだ。子供のときから、傅育《ふいく》してくれた安藤帯刀には、頼宣も逆らえず、紀州への転封を受けいれざるをえなかった。

これが付け家老たちを恐怖に陥《おとしい》れた。

「付けられた家に何かあれば、おまえたちも一蓮托生《いちれんたくしよう》だ」

秀忠はこう言って安藤帯刀を脅《おど》したのである。

付け家老たちは、御三家の存続を汲々《きゆうきゆう》として願うしかなかった。家康の書付には、御三家が無事であれば、付け家老から譜代大名への復帰を認めると書いてある。取りかたを変えれば、御三家に小さな傷でもつけば、任をはたせなかったとして付け家老を潰《つぶ》すとも読めるのだ。

潰されてしまっては元も子もない。

付け家老たちは、書付を使うどころではなくなった。こうして書付は、闇へ消えるはずだった。

「あの書付は、安藤帯刀へ与えられたものであろう」

家斉が問うた。

「はい。尾張の付け家老成瀬などは、己《おのれ》の家へ与えられたものと思いこんでおるようでございますが、場所から考えればそうでしょう」

訊《き》かれた松平定信も同意した。

駿府城で見つかった書付である。与えられたのは、頼宣に付けられた安藤帯刀か、水野対馬守《みずのつしまのかみ》のどちらかであった。

「家康さまから頼まれた頼宣の処遇を守りきれなかった安藤帯刀は、譜代大名への復帰をあきらめた」

激情を抑えて、家斉が言った。

「しかし、お墨付きを捨てるわけにはいかない。そこで去っていく駿府城へ隠した」

松平定信があとを続けた。

「それが出て来た。奥右筆組頭も真筆と認めた」

書付一件の詳細を、家斉はお庭番から報されていた。

「越中守、その現物をなぜ躬は見られぬ」

もう一度家斉が尋《たず》ねた。

「躬は飾りとはいえ、将軍である。いわば神君家康さまの正当な後継者じゃ。家康さまのお墨付きとなれば、なにをおいても躬のもとへ届けられねばなるまい」

「……上様」

悲痛な顔を松平定信がした。

「躬の知らぬところで、ことが運ばれたならばまだ辛抱もしよう。たとえお庭番から聞かされたとしても、不満を漏《も》らすまい。それくらいは将軍となったときに覚悟しておる。しかし、今回のことは、違うであろう。側役《そばやく》永井玄蕃頭《げんばのかみ》を駿府までやったのだ。その許しを出したのは、躬ぞ」

家斉の表情がゆがんだ。

「わかるか。躬は書付の一件を報《しら》されたのだ。ならば結果を見せて当然ではないか。偽物《にせもの》でございましたと騙《だま》してくれてもいい。なのに、何一つ申して来ぬのだぞ。書付が江戸についたとの話さえない」

「……………」

松平定信が沈黙した。

「躬を軽視するにもほどがある。今まで待ってみたが、備中め、そんな話はございませんとばかりに、口にもせぬ。これが将軍なのか、越中」

泣かんばかりの家斉に、松平定信は、黙って膝《ひざ》を突いた。

「上様」

松平定信が額《ひたい》を地につけた。

「なにとぞ。なにとぞ、お許しのほどを願い奉《たてまつ》りまする」

「なぜ越中が謝るのだ」

初めて見る松平定信の姿に、家斉の口調が変わった。

「上様の委託を受けて、執政となったことのある者の一人として、お詫《わ》び申しあげるしかございませぬ」

頭をさげたまま松平定信が述べた。

「申せ」

家斉が先をうながした。

「神君家康さまの書付ともなれば、そこに書かれていることを幕府は実行いたさねばなりませぬ」

「うむ。神君さまのお名にかかわることだからな」

「しかし、家康さまが書付を記されたころと、今では状況が変わっておりまする。そのまま受けいれることなどできませせぬ」

「それもわかる」

しっかりと家斉が首肯《しゅこう》した。

家康が生きていた時代は、まだ徳川は絶対でなかった。薩摩《さつま》の島津、加賀《かが》の前田、仙台の伊達と、有力な外様《とざま》大名が天下騒乱を虎視眈々《こしたんたん》と狙っていた。そんななかで家康が書付をしたためるとなれば、かなり有利な条件を相手に与え、協力を求めるものとなるのはあたりまえであった。

しかし、家康の死後百年以上経った今、徳川に牙剝《きばむ》くだけの気力を持った大名は、どこにもおらず、天下は幕府のもとにひれ伏している。

こんなときに弱腰ともとれるかび臭い褒賞《ほうしょう》を持ちだすことは、幕府にとって害悪以外のなにものでもなかった。

「はっきりと申しますれば、神君の書付など、今ごろ出て来られても迷惑なだけなのでございまする。実行せねば家康さまの名誉にかかわり、かといってするには幕府にとって悪《あ》しきもの。なれど、なかったことにするわけには参りませぬ」

「知っている者がおるからだの」

「ご明察でございまする」

松平定信が褒《ほ》めた。

「なかったことにもできず、かといってそのとおりおこなうわけには参らぬ。となれば、遅滞させるしかございませぬ」

「遅らせるか」

家斉がくりかえした。

「そのためには、上様のお目にとまっては困るのでございまする。上様の花押が入れられたものは、すぐにおこなわれることとなりまする。執政による手加減も許されませぬ」

「なるほどな。それで毎朝、躬のもとへやってきては、なにやらわけのわからぬことをしゃべり、花押を欲しがるのか」

「おわかりいただけましたでしょうや」

「わかった。だが、納得はしておらぬ。つごうが悪いならば、そう申せばいいではないか。神君さまの書付にこのようなことが記されておりまするが、今これは少し困りまするので、上様のご裁断をと言ってくれれば、躬も押しつけるようなことはせぬ」

不満そうに家斉がぼやいた。

「それはできませぬ。幕府にとって神君家康さまはその名のとおり神。いかに将軍でも神には勝てませせぬ」

「生きている将軍よりも、死した初代が絶対か」

苦い笑いを家斉が浮かべた。

「家康さまを否定しては、幕府が成りたちませぬ」

顔をあげて松平定信が言った。

「二代秀忠さま以降、将軍はすべて家康さまの影だったということか」

「…………」

ふたたび松平定信が、平伏した。

「もうよい」

力なく家斉が声を出した。

「一橋でいたかった」

家斉が立ち去った。

「上様……」

松平定信には、背中を見送ることしかできなかった。

二

甲賀組組頭《こうがぐみくみがしら》大野軍兵衛は、小頭《こがしら》斉藤兵衛と密談をおこなっていた。

「組をあげて小弥太を討つ。それでまちがいございませんな」

斉藤兵衛が確認した。

「うむ。あのままでは、かならず甲賀組に仇《あだ》をなす」

「けっこうなご判断でございまする」

大野軍兵衛の決意を斉藤兵衛が評価した。

「あと、今日をかぎりに儂《わし》は隠居する。あとの組頭は、おぬしが継げ」

ふいに大野軍兵衛が言った。

「よろしいのか。ご子息に譲らずとも」

「かまわぬ。もともと甲賀は惣触《そうぶ》れ。組頭も戦国のころは、ときに応じて選ばれていたもの。それを幕府へ仕えるようになってから、世襲としただけ。本来の姿に戻すのだ」

大野軍兵衛が述べた。

「今回のことに参加されぬと」

「いや、そうではない。最初から小弥太排除にかかわっていたおぬしが、誰よりも適任と考えただけ。必要な手助けを惜しむことはない」

斉藤兵衛の疑念を、大野軍兵衛は否定した。

「それならば、よろしゅうございましょう。組頭お引き受けいたす」

「では、座を替わろう」

大野軍兵衛が、上座から下がった。

「うむ」

鷹揚《おうよう》にうなずいて、斉藤兵衛が上座へ移った。

「前回の失敗は、二人同時に狙ったことだ」

「そうでございましょうな」

ゆっくりと大野軍兵衛がうなずいた。

二人の口調も逆転していた。

「かといって、小弥太と絹が確実に別とわかる日はない」

「老中さまにお願い申しあげては」

「小弥太の目をそらさせるか」

大野軍兵衛の発案に、斉藤兵衛が問うた。

「妙案ではあるが、ちと情けない話でもあるな。組内だけでことをすます力がないとの自白に等しいぞ」

斉藤兵衛が首を振った。

「そんな甲賀組が必要とされようか」

「なるほど」

感心したように大野軍兵衛が手を打った。

「ようやくできた執政とのつなぎ、たやすく切ってはもったいない」

「まさに、まさに」

「小弥太のねぐらを知らぬのか」

「あいにくと……用心深いもので」

訊かれた大野軍兵衛が首を振った。

「となれば、やはり居場所のわかっておる妹からやるしかないか」

「となりましょうな」

大野軍兵衛も同意した。

「六人出す。それだけいれば、絹を殺すことは容易であろう。あと小弥太の抑えに四人。いざというときは、出てもらうぞ」

「十分な布陣と存じまする」

斉藤兵衛の策を聞いた、大野軍兵衛が首を縦に振った。

「よし。儂は人を選んでまいる」

「はい」

出ていく斉藤兵衛を大野軍兵衛は出入り口まで送った。

部屋へ戻ろうとしたところで、大野軍兵衛は息子に呼び止められた。

「父上」

「なんじゃ。不満か」

「はい」

父大野軍兵衛へ、息子は文句を言いに来ていた。

「組頭の座を、わたくしに一言の相談もなくお決めなされたのは、なぜでござろう」

息子は父の袖《そで》をしっかりとらえていた。

「離せ。離さぬか」

「お答えいただければ、すぐにでも止《や》めまする」

息子はさらに力をこめた。

「待て、待て、話してくれるゆえ」

大野軍兵衛が折れて、ようやく解放された。

「責任を押しつけたのよ」

息子へ大野軍兵衛が告げた。

「失敗したとき、腹切るのは斉藤よ。儂は、小弥太のために死ぬ気はない」

「ですが、成功したとき、斉藤はその勢いで甲賀組を掌握《しょうあく》いたしましょうぞ」

聞かされた息子が首を振った。

「馬鹿者。よいか、甲賀組組頭は代々大野家と望月家が世襲しておる。あの小弥太の実家望月家が無事に組頭を勤めておるのだ。これがなにを表しているかわからぬのか」

「…………」

息子が沈黙した。

「幕府は、御上は、変化を嫌っておるのだ。儂が斉藤に組頭を譲った。これがたった今から認められることか。手続きが必要であろう。儂の隠居願い、そなたの家督《かとく》相続届け、斉藤兵衛の組頭就任の可否伺《うかが》い。全部すませるに、どれだけのときがかかる」

大野軍兵衛がささやいた。

死亡による家督相続でも、すぐには許可が下りないのである。当主の隠居に伴うものなど、急ぎでないと後回しにされ、半年ほど放置されるのが常であった。

「成功すれば、この手続きを途中で止めてしまえばいいだけのこと」

「なるほど」

父の策に息子が納得した。

「わかったならば、そなたは病《やまい》にでもなっておれ。小弥太討伐に狩りだされては意味がなくなる。小弥太は強い。まともにかかって勝てる相手ではない。策を弄《ろう》し、多くを犠牲にしてようやく仕留められるかどうか」

「それほどに」

息子が驚愕《きょうがく》した。

「あれは鬼だ。家基さまを手にかけたときから、小弥太は人であることをやめた。あやつに勝てるとしたら、神か仏だけであろうよ」

冥府防人の殺気を思いだして、大野軍兵衛が震えた。

絹は久し振りに治済《はるさだ》と同衾《どうきん》していた。

「お情け、かたじけのうございまする」

精を放った治済の後始末をしながら、絹が礼を述べた。

「やはり、そちがもっとも具合がよいな」

満足そうに治済が、絹の乳房へ手を伸ばした。

「屋敷の女どもは、子を産むことしか考えておらぬ。余を喜ばせようとの意思がない」

「ご存じないからではございませぬか」

「余しか知らぬからか」

「おそらく。誰にも教わっておらぬのでございましょう」

治済の側室となっている女は、すべて良家の出である。公家や旗本の娘がほとんどであった。商家の出であっても江戸で名の知れた豪商の娘なのだ。

「余はもう子は要《い》らぬ。しかし、女どもは余の子種を欲しがる。余の値打ちは子種だけと言われている気がして、萎《な》えるわ」

治済には、早世した者を含めると十人をこえる子供がいた。

「お館さまの御種は、まさに神君家康さま、八代吉宗さまのお血筋を引く徳川さまの正統。一人でも多く、お子さまをと願うのは、当然のことでございましょう」

己の後始末を見えぬようにと気遣《きづか》いながら、絹が言った。

「ならば、そなたも吾《わ》が子を産みたいか」

少し声を重くして、治済が問うた。

「わたくしも女でございまする。愛《いと》しきお方の子を宿したいと思いまする。……です
が、わたくしの身体《からだ》には、決して許されぬ主殺しの血が流れておりまする。尊《たっと》きご系
譜を汚すことは許されませぬ」

絹が首を振った。

「愛しきか。ふん」

治済がぐっと絹の手を引いた。

「子をなすことはない。されど、精をその身に受けることはできよう」

「……お館さま」

崩れるように絹が、治済の上へ身体を投げた。

主君と妹の睦《むつ》み合いを冥府防人は天井裏から見おろしていた。

治済が伊丹屋の寮へ来ているときの警固《けいご》は、冥府防人一人であった。

「……これは」

小さくつぶやくと冥府防人は、天井裏から屋根へと移った。

十日を過ぎた月は、中天近くで大きく輝き、江戸の闇をかなり薄くしていた。目を

こらす必要もなく、冥府防人は人影を見つけた。

「なんだあいつらは……」

うごめく気配に、冥府防人はつぶやいた。

「狙いは御前さまか」

冥府防人を狙うにしては、あまりにうかつな連中であった。

「闇夜の提灯《ちょうちん》よりもあきらかな殺気。それぞれに剣の腕前はあるのだろうが、人を斬ることに慣れていないな」

物陰を利用して近づいてくる姿を見ながら、冥府防人は笑った。

「どこの誰か、しっかり訊きだしてくれるわ」

冥府防人は屋根から塀《へい》まで飛んだ。音もなく着地すると、隣家の庭へ忍びこんだ。

豪商の寮は妾宅として使われることも多いため、人通りの激しい道より、門扉《もんぴ》を少し引いて作る。伊丹屋の寮も、左右の家よりも二間（約三・六メートル）ほど奥へ入りこんでいた。

冥府防人は、隣家の庭をつっきって、通りへ出ると曲者《くせもの》たちの後ろへ回った。

「ここでまちがいないな」

「ああ。一橋家出入り回船問屋伊丹屋の寮は、ここだ」

曲者たちが小声で話をした。

「で、奸物《かんぶつ》は、おるのか」

「屋敷を出た駕籠《かご》が、品川へ向かうのは確認した」

「本当に一人なのだろうな」

「駕籠脇の人数は行きも帰りも同じであったぞ」

「ふむ。警固の人数をここに置いているということはないか」

「たいして大きな寮でもない。いたところで数名だろう」

「一橋家の当主だぞ」

「だからこそよ。側室にすれば屋敷で堂々と抱くことができる。それをせず、わざわざ町屋で囲っているのだ。よほど表沙汰《おもてざた》にできぬ女なのだろう。なれば、ここへ通ってきていることとさえできるだけ秘密にしたいはずだ」

「なるほどの」

曲者の一人が納得した。

「まあ、警固がいたところでわれらの敵ではない」

「おうよ。将軍家のみならず、御三卿すべてを手にしようとする強欲な輩《やから》を放置しておくことはできぬ」

先頭にいた曲者が力強く宣した。

「よし、行くぞ」

曲者たちが顔を見あわせた。

「御前さまの邪魔をしてもらうわけにはいかぬな」

後ろから冥府防人が声をかけた。

「な、なんだと」

「いつのまに」

冥府防人の存在に気づいていなかったのか、曲者たちが驚愕《きょうがく》した。

「かといって、このまま去ると申したところで、帰す気はない」

一歩、冥府防人は間合いを詰めた。

「一橋の飼い犬か」

「ちょうどよい、こいつを捕らえて、なかの様子を聞き出すぞ」

「おう」

曲者たちが、あわせたように太刀を抜いた。

月明かりを受けて、白刃が鈍い光を放った。

四人はあわせたように青眼に構えた。

「ふん」

冥府防人は鼻先で笑った。

「そのていどで、御前さまを襲おうとは……思いあがりもはなはだしいわ」

「大口を叩《たた》くな」

「刀の錆《さび》にしてくれるわ」

曲者がすばやく動いて、冥府防人を囲んだ。

「命だけは助けてやる。なかに警固の者は何人いる」

一人が冥府防人へ訊いた。

「警固の者……ふふふ……誰もおらぬわ。きさまら相手に、人など要らぬ」

「偽《いつわ》りを申すと、そのままに捨ておかぬぞ」

冥府防人の答えに、曲者たちがいきりたった。

「…………」

刀も抜かず、冥府防人が後ろへ跳んだ。

「あっ」

「くっ」

あわてて二人の曲者が、太刀を振った。しかし、冥府防人の身体にかすることはなかった。

「口は一つでいい」

包囲の外へ出た冥府防人は、手近な一人へ迫った。

「く、くらえ」

青眼の太刀を上段へ変えようとした曲者の胴ががらあきになった。

「…………」

気合いもなく、冥府防人は曲者の胴を蹴りあげた。

「ぐへっ」

まともに喰《く》らった曲者が吹き飛び、そのまま意識を失った。

「おのれっ」

背中を見せた冥府防人に、別の曲者が斬りかかった。

「ふっ……」

抜くように息を漏らして、冥府防人が屈《かが》んだ。いや、地に貼りつくように身体を曲げた。

「えっ」

手応えのなさに曲者が驚いた。

己の振った剣で、自らを傷つけては意味がない。剣術遣いは臍《へそ》より下へ切っ先が落ちないよう無意識のうちに止める癖がついていた。

「…………」

一瞬呆然《ぼうぜん》とした曲者の股間を狙って、冥府防人が真後ろへ足を飛ばした。

「くきゃ」

曲者はみような悲鳴をあげて、倒れた。

「やりすぎたか。こいつは使いものにならんな」

小さく痙攣《けいれん》している曲者を見おろして、冥府防人は独りごちた。

「疾《はや》い」

残った二人が、顔を見あわせて、突っこんできた。

「おうう」

「りゃああ」

二つの剣先が、冥府防人を襲った。

足を送るだけで、冥府防人は二つに空《くう》を斬らせた。

「なんの」

一人が、流れる太刀を止め、切り返した。

「うるさい」

冥府防人は、身体をひねってこれをかわし、その勢いのまま、敵の頬《ほお》を張り倒した。

「あつっ」

頬骨を砕かれた曲者が沈んだ。

「……たあ」

最後の曲者が、はずされた一刀を止め、残心から斬りあげた。

刃風にあおられたような形で、冥府防人は後ろに跳んだ。

「ほう……」

初めて冥府防人は感嘆の声を漏らした。

「焦《あせ》っての追撃を重ねなかったか。なかなか」

冥府防人が褒めた。

「なにさまのつもりだ」

ふたたび太刀を構えなおした曲者が怒った。

「それでも、相手には不足だ」

無造作に冥府防人が近づいた。

「な……なにを」

隙《すき》だらけの体勢に、かえって曲者があわてた。冥府防人は両手をさげたまま、曲者へと迫った。

間合いが一間半（約二・七メートル）を割った。

「たああ」

曲者が大きく踏みこんで、袈裟懸《けさが》けに斬ってきた。

冥府防人は、落ちてくる太刀の横っ面を掌《てのひら》ではたいた。白刃が、大きく冥府防人からそれた。

「早すぎるわ。あやつならあと半間（約九十センチメートル）辛抱する。その差だな」

教えるように語りながら、冥府防人は最後の一歩を踏みだした。

太刀を叩かれて、持っていかれそうになった曲者の体勢は大きく崩れていた。その目の前に冥府防人は立った。

「少しだけ楽しませてもらった礼だ。一撃で逝《い》かせてくれる」

冥府防人の手が曲者の喉《のど》を突いた。

「…………」

喉を潰された曲者は、声を出すこともできず、即死した。

「ひま潰しにしかならぬか」

疲れた顔で冥府防人は、嘆息した。

「さて、こいつでいいか」

最初に蹴りとばした曲者に、冥府防人は活を入れた。

「うっ……えっ」

意識を取りもどした曲者は、状況が理解できないのか、あたりを見回した。

その目の前に、冥府防人は立った。

「生き返った気分はどうだ」

「き、きさま……」

立ちあがろうとした曲者を、冥府防人がふたたび蹴った。気を失わないよう右手の骨を折るだけで止めた。

「ぎゃあああ」

激痛に曲者がわめいた。

「大声をあげるな。御前さまの興をそぐ」

のたうつ曲者に冥府防人は命じた。

「さて、最初に名前を訊こうか」

「………」

苦鳴ごと曲者が口を閉じた。

「そうか」

あっさりと冥府防人は、曲者の傍《そば》を離れた。股間を蹴られて泡を吹いている曲者へと近づいた。

「こいつはしゃべれぬな」

冷たく言い放つと、冥府防人は倒れている曲者の喉を踏みつぶした。

「くひゅうう」

おそらく藩でも知れた剣術遣いであった武士の最期は、空気が漏れるような音であった。

「き、きさま、よくも奥森《おくもり》を」

尋問されている曲者が、叫んだ。

「こいつは、どうだ」

頬骨を砕いてやった曲者のところへ、冥府防人が足を向けた。

「や、やめろ。西岡《にしおか》に手を出すな」

「これは駄目だな。歯が並んでへし折れている。まともに口もきけんな」

西岡の様子を見た冥府防人は、また足を喉へ置いた。

「ま、待て」

曲者が止めた。

「拙者の名前は、岩崎《いわさき》だ。岩崎大悟《たいご》」

「どこの藩だ」

「それは言えぬ」

「こいつの名前は」

つま先で冥府防人は、西岡を示した。

「西岡幾之真《いくのしん》」

「あいつは」

「生田斗真《いくたとうま》」

「そうか」

「…………」

訊くだけ訊いた冥府防人は、落ちていた刀を拾いあげた。

冥府防人は、無言で西岡を刺した。

「な、なにをする」

「人の家へ襲いかかろうとした者が、文句を言うか。真剣を抜いたであろうが。それは命をかけるとの決まりごと。負ければ、命を失うのは、当然であろう。まさか、抵抗しない者を殺すのは卑怯《ひきょう》だなどと吐《ぬ》かすつもりではなかろう」

「うっ……」

岩崎が詰まった。

「刺客になると決めたとき、骸《むくろ》を野原に晒《さら》す覚悟もしたはずだ」

「よ、よせっ」

無事な左手をあげて、かばおうとする岩崎を、冥府防人は腕ごと斬り捨てた。

「人を殺すだけの肚《はら》もできていない。今の侍はこんなものか」

かがみこんで冥府防人は、死んだ曲者たちの懐《ふところ》を探った。

「さすがに身元の知れるようなものは、持っていないか」

苦笑を冥府防人が浮かべた。

「御三卿云々《ごさんきょううんぬん》と言っていたな。田安か、清水《しみず》か。御前への恨《うら》みを考えれば田安が濃いか」

冥府防人は殺した四人の身体を一つずつ担《かつ》ぎあげると、品川の海へと捨てた。

「調べ出してくれる。御前さまのお命を狙うなど許されぬ」

その足で冥府防人は、品川から江戸へと駆けた。

三

御三卿とは、田安、一橋、清水の将軍家一門をいう。八代将軍吉宗の次男宗武《むねたけ》を祖とする田安家、四男宗尹《むねただ》が開いた一橋家、九代将軍家重《いえしげ》の次男重好《しげよし》によってたてられた清水家は、御三家上席として将軍を出す権利を有していた。

そのため、御三卿は独自の藩ではなく、将軍家お身内として、江戸城内に館《やかた》と、家臣団を与えられ、年間の費《つい》えとして十万俵を給された。

治済は、一橋家の祖宗尹の四男であった。長男、三男が越前《えちぜん》松平家へ続けて養子に出たお陰で当主となった。

もちろん、それほど世のなかは、単純ではない。後ろでうごめいた人物がいた。十代将軍家治の寵臣田沼主殿頭意次である。田沼意次と治済の父宗尹は、手を組み、まず一橋の長男を越前松平へ押しつけた。まともに話すこともできない長兄家重が将軍となったことに我慢できなかった一橋宗尹は、成り上がろうとしていた田沼意次と手を組み、徳川一門の支配を狙った。いつの日か、一橋の血が将軍となるための布石であった。松平重昌となった長男が、わずか十六歳で夭折すると続けて三男重富を越前家へと出した。本来ならば、兄に代わって養子となるはずだった治済が一橋家を相続することになった。

徳川家にとって越前家は格別の家柄である。初代秀康は、家康の次男で長男信康亡き後、徳川の嫡子となるべき人物であった。しかし、家康になぜか嫌われた秀康は、豊臣秀吉《とよとみひでよし》のもとへ人質として差しだされ、三男秀忠が二代将軍となった。

このことが将軍家に引け目を感じさせ、福井越前松平家は制外の家として、御三家に次ぐ扱いを受け、幕府のなかでも重きをなしていた。

一橋は、その越前家をまず血で支配した。

それで一橋宗尹と田沼意次は、満足しなかった。老中筆頭となった田沼意次は、子孫代々まで大老を世襲することを望んだ。鎌倉幕府における北条氏《ほうじょう》を目指したのだ。

こうして手を組んだ一橋と田沼意次は、ついに将軍位を狙った。十代将軍家治の一人息子、嫡男家基の命を奪ったのだ。

曾祖父《そうそふ》吉宗の気質をもっとも色濃く受けついだ家基は、鷹狩りを好んだ。安永《あんえい》八年

（一七七九）二月、いつものように品川で鷹狩りを楽しんだ家基は、帰途の駕籠のなかで体調を崩し、江戸城へ戻ってからも嘔吐《おうと》と下痢を続け、三日のたうちまわった末、二月二十四日の未明死去した。享年十九歳、期待していた息子に死なれた家治は、一気に老けこみ、政《まつりごと》も放置、田沼意次の専制がよりひどくなった。

治済は、落ちこんだ家治の弱気につけこみ、嫡男豊千代を養子として西の丸へ入れることに成功した。

このとき田安家にいた男子で十一代将軍最有力候補であったのが、松平定信である。田安賢丸《まさまる》と称していた当時から、聡明で聞こえていた定信の将軍継承を怖れた治済と田沼意次は、家治をなだめすかして白河松平へ追いやったのだ。すでに定信の兄定国《さだくに》も久松《ひさまつ》松平隠岐守《おきのかみ》の養子として館を出ている。田安から将軍候補がいなくなり、十一代将軍は一橋家出自《しゅつじ》の家斉となった。

治済の欲望はそれだけで終わらなかった。一橋家より格上の田安家があるかぎり、将来にわたって将軍位を独占することは難しいと考えた治済は、田安家をも支配しようとした。

田安家は初代宗武の嫡男治察《はるあき》の代に代わっていた。病弱であった治察には子供がいなかった。治察は、将軍へ血筋を返すことなど望んでいなかった。己に子ができぬならば、なんとか父の血を引く弟に代を継がせたい、そう願っていた。しかし、定国、定信の弟の二人を他家へ養子に出さされた田安家は跡継ぎを失った。治察は、定信を奪われた衝撃から立ち直れず、その半年後、二十二歳の若さで逝去した。

当主を失った田安家は、本来改易となるはずだったが、御三卿は大名ではなく、独立した家でもなかった。家臣さえも旗本からの出向なのだ。田沼意次は、そのまま田安家を空き屋形とし、養子を迎えることもさせなかった。

十三年もの間、当主のいなかった田安家を継いだのは、治済の五男斉匡《なりまさ》であった。斉匡は、田安治察が死去したときに、まだ生まれてもいなかった。

治済は、己の子が生まれ、家を継ぐことのできる年齢となるまで、田安家を放置させたのである。こうして御三卿筆頭であった田安家は一橋家の下となった。

御三卿の名前は、館のある場所に近い江戸城門からとっていた。一橋御門内にあることから一橋と称しているが、正式な姓は松平である。同姓が多すぎると誰を指しているのやらわからなくなる。それを防ぐため、居館の場所を取って姓名の代わりにする。これは、朝廷における藤原《ふじわら》氏を模倣《もほう》したものであった。

田安家は一橋館の西、田安御門を挟んで清水館と相対する位置にあった。

将軍家お身内衆である御三卿の家政は幕府より遣《つか》わされた旗本御家人によって執り

おこなわれている。しかし、幕府の都合で異動したり、当主の意向が反映されないなどの不都合があった。そこで幕府は御三卿が独自の家臣を抱えることを許した。もちろん、与えられている給米の範囲にかぎるため、人数は多くないが、当主にとって心許せる数少ない家臣である。そのほとんどが近習頭《きんじゅがしら》や用人など、要職に就いたのは当然であった。

今の田安家は一橋家の分家である。しかし、当主である斉匡は幼く、まだ自前の家臣を選んでいなかった。代々田安家に召し抱えられていた連中をそのまま遣っていた。

田安家の家臣もほとんどが旗本の次男三男から選ばれた者であるが、幕府から派遣されてくる役人たちとの間には、大きな溝があった。

直臣陪臣《ばいしん》の壁であった。田安家に直接抱えられた者は、陪臣あつかいとなる。当然、幕府から命じられて出向してきた旗本たちは、一枚下の扱いを受けた。

その差は館のなかでも露骨であった。とくに田安家初代宗武によって選ばれた家臣たちは、一橋斉匡が来てから、いっさいの役目を取りあげられ、さっさと辞めろといわんばかりの待遇を受けていた。

「定信さまさえ、残っておられれば……」

家臣たちは、館の北東の片隅にある控え室へと追いやられていた。

「十一代さまは、定信さまとなっておられたろうに」

「これもすべて一橋の奸物《かんぶつ》がせいよ」

控え室に集まった家臣たちが、口々にぼやいた。

「そういえば、西岡たちはまだ戻らぬか」

「品川まで出向いておるのだ、帰ってくるのは明朝であろう。夜半にうろついて目立ってはいかぬ」

「そうじゃ。それに今ごろは、凱旋《がいせん》気分で品川の遊女でも揚げておるのではないか」

「まったくだ。一橋治済がどれほど悪漢であろうとも、当家きっての遣い手にかかれば赤子も同然」

「うむ。これでようやく鬼退治ができたのよ。あとは、斉匡を廃して定信さまのお子さまを新たなお屋形さまにお迎えするだけ」

「そしてそのお屋形さまを十二代さまへと押しあげれば……」

「我らは直参《じきさん》旗本、いや、譜代大名よ」

家臣たちが夢を語っていた。

「おろかな……」

床下で冥府防人が一部始終を耳にした。

「今ここですべてを片づけてもよいが、お館うちで何かあれば斉匡さまのお名前に傷がつく。委細を御前さまへご報告してからだな」

冥府防人は、ふたたび夜の品川へと戻った。

三度絹のなかへ精を放った治済は、疲れて眠っていた。

「絹」

添い寝している絹だけに聞こえるよう、独特の発声で冥府防人が呼んだ。

「兄上」

気づいた絹は、そっと夜具から出ると、庭への雨戸を開けた。

「わかりましてございまするか」

治済とのたわむれに興じていた絹であったが、寮の前でおこなわれた戦いを知っていた。

「うむ。御前はおやすみのようだな」

「はい。お疲れなのでございましょう」

「ならば、明日にしようか」

「……いえ、今お目覚めになられたようでございまする」

冥府防人が感じるより前に、絹が治済の目覚めを悟った。

「ここでお待ちを、ご機嫌をうかがって参りまするゆえ」

絹が寝室へと戻った。

「お目覚めにございまするか」

夜具の端で絹が問うた。

「隙間《すきま》風《かぜ》が入っての。少し冷えたわ」

治済が夜具に残った絹の身体の形を叩いた。

「申しわけございませぬ」

絹が詫びた。

「兄か」

「はい」

「通せ」

「かたじけのうございまする」

許しを得て絹が冥府防人を呼んだ。

「夜分にご無礼を申しまする」

冥府防人が平伏した。

「なにかあったのか」

「このような……」

治済に訊かれて、冥府防人がすべてを語った。

「田安の家臣どもめ。尊《たつと》き神君家康さまの血を引く余に刃《やいば》を向けようなど、反逆でしかない。思いしらせてやらねばならぬな」

聞いた治済が吐きすてた。

「始末いたしましょうか」

「いや」

手を伸ばして治済が止めた。

「そやつらを殺したところで、かならず続く者が出る」

「では、いかがいたしましょうや」

「希望を断ってやればいい。愚か者どもが二度と夢を持てぬようにな」

治済が笑いを浮かべた。

「……希望を断つ、でございまするか」

冥府防人が首をかしげた。

「そうじゃ。それほど定信の血筋がありがたいならば、なくなったらどうするのであろうな。田安の血を引く者が根絶やしとなったとき、どんな顔をしてのけるのだろうな」

「白河侯を亡き者にせよと」

確認するように冥府防人が尋ねた。

「その子供もじゃ。いいかげんうるさくなって参ったしの。それに最近は上様とよく話をしておるというではないか。上様に要らぬことを吹きこまれても面倒じゃ。上様が政に興味でももたれたらどうする。たしかにすべてを将軍家が把握しているのが理想である。しかし、将軍がその器でないとき、なまじ報せたためによろしくない事態を引きおこすこともある。上様は、雲の上の存在でなければならぬ。政の実際は、御用部屋に任せておけばいい。いずれ余のものとなる天下を、傷つけられてはたまらぬ」

憤慨《ふんがい》した声で、治済が語った。

「では、白河侯を」

「うむ。病死とごまかせぬようにやって見せよ。定信を見せしめとし、他の有象無象《うぞうむぞう》の動きを牽制《けんせい》するのだ」

「一罰百戒でございまするか。さすがは御前さま」

冥府防人が持ちあげた。

「わかったならば、さっさと動かぬか。定信は白河藩の上屋敷におるのだろう」

冥府防人を治済がせかした。

「ただちに」

首肯して冥府防人が消えた。

「御前さま……」

怒りを見せた治済を、絹が気づかった。

「まったくどいつもこいつも、ものの先が見えぬにもほどがある」

夜具のなかから治済が絹の手を摑《つか》んだ。

「お身体《からだ》に触りまする」

絹がそっとあらがった。

「たわけ、寒いゆえの温石《おんじゃく》代わりじゃ。家斉でもあるまいに、そう何度も精を放てるものか。余も歳はわきまえておるわ」

「申しわけございませぬ」

絹が夜具のなかへ身をすべりこませた。

一日の役目を終えた併右衛門は、ゆっくりと城内を歩いていた。奥右筆部屋は、城中でも中奥に近いところにある。門までは少し距離があった。

「立花ではないか」

「これは、越中守さま」

廊下を曲がったところで、併右衛門は松平定信と顔を合わせた。

「帰りか。いつもお役目ご苦労である」

「畏《おそ》れ入りまする」

ねぎらいの言葉に併右衛門が頭を下げた。

「そこまで一緒に参ろう」

松平定信が、先に立った。

「お供をさせていただきまする」

併右衛門は従った。

「なにか御用でございましょうや」

松平定信と出会ったのが偶然ではないと併右衛門は理解していた。

「少し待て。ここでは、他人目《ひとめ》がある」

小声で松平定信が、制した。

老中筆頭を罷免《ひめん》させられたとはいえ、八代将軍吉宗の孫である松平定信の権威は高かった。出会う人すべてが、足を止めて松平定信へ礼をした。併右衛門はあらためて、松平定信の力を知らされた。

「立花」

人気《ひとけ》がなくなったところで、松平定信が声をかけた。

「あのお墨付きはどうなった」

「わたくしがお預かりいたしておりまする未決の箱に」

併右衛門が答えた。

「奪われることはないのか」

「……大事ございませぬ」

あたりをはばかって、併右衛門は小声で言った。

「もし、あの書付を持ち出したところで、意味はございませぬ」

「どういうことだ」

松平定信が、問うた。

「すでに写しも作ってありまする。書付の裏には奥右筆部屋へ届いたことを記すわたくしの花押も入りましてございまする。盗んだところで表に出すことはかないませぬ」

「なるほどの。しかし、内容を盾《たて》に迫ってくる輩が出ぬとはかぎらぬぞ」

「それも問題ございませぬ」

しっかりと併右衛門が保証した。

「幕府にかかわる事柄すべては、奥右筆部屋を通らねばなりませぬ。畏れ多いことながら、上様のご婚礼でも、お子様の系統譜への記録でも、奥右筆の記録なくしては公《おおやけ》のものとされませぬ」

「未決の書類は、永遠に公ではないか」

「はい。奥右筆が表に出さぬかぎり」

併右衛門は、力強くうなずいた。

「畏れながら、お伺いいたしてよろしゅうございましょうか」

今度は併右衛門から求めた。

「申せ」

松平定信が許した。

「いまだあの書付を巡っての動きがございますので」

「人は、そう簡単に夢を捨てられぬものよ」

かなしそうな声で松平定信が述べた。

「儂とて同じであった。将軍となることを、夢見たことがあったからな。それをあきらめるのに何年もかかった。いや、現実によって潰されたというのが正しい。老中となって幕政を預かった。おかげで儂は夢を昇華させることができた。将軍がただの飾りと知ったからじゃの。いや、飾りにしたからだ」

松平定信が老中であったころ、十代将軍家治は息子家基を失った衝撃から、すべてに無関心となり、政いっさいを投げ出していた。また老中筆頭となったとき、十一代将軍家斉は、まだ子供であり、政への参加は形式でしかなかった。幕府は松平定信の一存で動いていたに等しかった。

「将軍より老中が力を持つ。幕府としても徳川という家にしてもいびつなこと。それに気づかず、儂も驕《おご》っていた。いや、復讐した気になっていた。天下の主《あるじ》には、こんな子供より儂のほうがはるかにふさわしい。そう思っていた。しかし、政の闇は、儂が思っているより深かった。飾りにした将軍、その父によって儂は執政から外された」

吐くように松平定信が語った。

「失意の底であったな。そんな儂を支えてくれたのが御上であった。上様はな、儂を罷免することに最後まで反対なさってくださった。越中なくば国は滅ぶとまでおっしゃってくださったわ。飾りだと軽視していた若い上様が、じつは儂よりも懐の深いお方と知ったとき、儂はようやく夢を捨てられた。いや、新しい夢を得たのだ。なんとしてでも上様をお支え申しあげ、そのお血筋が代々を重ねていかれるようにとのな」

「…………」

併右衛門はなにも言えなかった。

「話がそれたな。つまり、夢とはよほどのことがないかぎり捨てられぬもの。そして捨てるには、新たな夢が必要なのだ」

松平定信が苦笑しながら、述べた。

「さようでございまするか。ご説明かたじけなく存じあげまする」

ていねいに併右衛門は礼を述べた。

「では、ここで」

納戸御門《なんどごもん》を出たところで、併右衛門は松平定信と別れた。

「越中守さまの意図はどこにある」

一人になった併右衛門がつぶやいた。

すでに書付の一件はすんでいる。御用部屋全員一致で家斉に見せないことと決していた。話が広がらないよう、お墨付きにかかわった者は、駿府城代を含めすべて江戸に集められている。

いわばお墨付きは死んだも同然なのだ。

「お墨付きではないのか」

政の闇は一重《ひとえ》ではない。幾重にも層をつくり、漆黒《しっこく》よりも濃い。そんな政の枢要な部分に長く居続けた併右衛門は、松平定信の言葉をそのまま受け取ることはできなかった。

「儂にもう一度お墨付きへ注意を向けさせようとする理由はなんだ」

歩きながら併右衛門は思案した。

駿府で穴が開くほど見たお墨付きである。併右衛門は一言一句違《たが》えることなく、思い出すことができた。

「付け家老から譜代大名への復帰を書いている。陪臣として身分が固定してしまっている今だからこそ、書付は陪臣から直臣への身上がり証文となりうる」

身上がりとは、百姓から武士、陪臣から直臣へと身分があがることをいう。転じて吉原《よしわら》の遊女が、借金を返すことにも用いられているが、本来は身分の変化を表していた。

秀吉が刀狩りをおこなって以来、百姓の子は百姓、侍の家に生まれた者は侍と身分が固定された。徳川幕府によって、よりきびしく定められた身分は、まず変わることはできなかった。その金科玉条を、家康の書付は破っていた。

「少し注意したほうがよさそうだ」

併右衛門はぐっと肚《はら》へ力を入れた。

一方、併右衛門と別れた松平定信も、思案に入っていた。

「奥右筆部屋で書付は厳重に保管されていると申しておったが、それは言い換えれば奥右筆ならば、表に出すこともできる」

鋭い目つきで松平定信が空中を睨《にら》んだ。

「今は儂に従っている立花とはいえ、いつどうなるかはわからぬ。役替えとなればそれまでであるし、褒賞《ほうしよう》を餌《えさ》に釣られて裏切るやも知れぬ」

松平定信は、ゆっくりと歩きながら、考えをまとめた。

「立花を身命《しんみよう》を賭《と》すと思いこませるほど自家薬籠中のものとなすか、あるいは、わが手の者を奥右筆組頭として送りこむか。手を打たねばなるまいな」

冷徹な施政者の顔で、松平定信が独りごちた。

四

徳川家康の血を引くといえば、聞こえはいいが、御三家の当主たちは、初代からずっと幕府に忌避されてきた。

席次こそ諸大名中最高であったが、その控えである大廊下上の間は、将軍家御休息の間からもっとも離れていた。

他にも正月の祝賀など、儀式上での扱いは、格別であったが、幕府の政にかかわることは許されず、家臣筋にあたる老中や若年寄《わかどしより》へ遠慮しなければならなかった。

なかで紀州徳川家はまだよかった。八代将軍が空席となったとき、当主であった吉宗を差し出すことができ、神君家康の定めた御三家の任を果たせたからである。吉宗の後は、紀州の分家であった伊予《いよ》西条《さいじょう》藩から来た宗直《むねなお》が継いだとはいえ、将軍から親しくあつかわれ、面目を果たしている。

哀れだったのが、御三家筆頭といわれた尾張徳川家であった。

七代将軍家継《いえつぐ》に跡継ぎがなかったとき、有力な候補であった四代当主徳川吉通《よしみち》を失い、続いて、五代を継いだ五郎太《ごろうた》まで死なせてしまい、八代将軍を出せなかった。

「まず尾張から人を出し」

家康からそう言われていながら、八代将軍を決める老中たちの会議で名前さえあがらなかった屈辱は、尾張を叩きのめした。

五郎太の後を継いだ六代継友《つぐとも》は、幕府の動きに汲々《きゆうきゆう》とし、心労を重ねた結果、跡継ぎを作ることもできず、三十九歳の若さで死去した。

さらに後を継いだ七代宗春《むねはる》がよくなかった。堪《た》え忍《しの》んだ兄継友の恨み辛みを聞かされて育った宗春は、あからさまに幕府、いや、吉宗へ逆らった。自ら白馬に乗って遊郭がよいをするなど、吉宗の進めた改革の主眼、倹約に真っ向から反対、ついに幕府から咎《とが》められ、蟄居謹慎《ちつきよきんしん》を申し渡されることになった。

当主が幕府から咎められた。取り潰されはしなかったが、尾張は完全に萎縮し、江戸城内での力を失った。

紀州が浮き、尾張が沈んだなかで変動しなかったのが水戸であった。

御三家のなかでもともと格下扱いだった水戸は、八代将軍選びでも最初から除外されていた。そのおかげで波風なく過ごしてきた。

「後塵《こうじん》を拝するのは、もうやめじゃ」

水戸徳川藩主治保が、叫んだ。

「はっ」

治保の言葉を受けた用人が平伏した。

「太田はどうしておる」

「あれからまだなにも」

用人が答えた。

「なにをやっておるのだ、太田は」

不満を治保は、脇息《きようそく》にぶつけた。

「一橋をなんとかせねば、いつか水戸も乗っ取られるぞ」

「はい」

主君の危惧《きぐ》に用人も首肯した。

「なれど、攻撃に勝《まさ》る防御はない。いままで水戸は沈黙してきた。いや、堪え忍んできた。それももうよかろう」

力強く治保が、語った。

「水戸は血筋をただしてきた」

「…………」

「初代頼房さまが狂わせた継嗣《けいし》、それを一代で正統に戻した」

治保の言う継嗣とは、水戸家二代光圀のことである。光圀は頼房の三男であった。生まれた子供を誰一人認知しなかった頼房のため、水戸家は存亡の危機に立たされた。それを付け家老中山備前守《びぜんのかみ》が救った。しかし、中山備前守は、頼房の長男である頼重《よりしげ》ではなく、なぜか三男光圀を選び、三代将軍家光へ継嗣を認めさせた。

ただ、長男を差し置いての相続は、幕府にとってつごうが悪かった。三代将軍家光が、弟忠長を抑えた理由が、家康による長子相続論だったからである。しかし、将軍家へ目通りしたのは光圀であり、家光が水戸家相続人と認めてしまった以上、変更はできなかった。そこで幕府は、光圀の兄頼重を新たに召し出した形をとることで、四国讃岐《さぬき》高松《たかまつ》十万石の藩主とした。

兄を差し置いて水戸藩主となったことを引け目に感じた光圀は、頼重に嫡子交換を申し出た。了承した頼重は、代々そうすることを提案、水戸と高松はなによりも近い親族となるはずであった。たしかに光圀と頼重は、子供を交換した。水戸藩三代藩主は頼重の息子綱條《つなえだ》が継いだ。しかし、その次はなかった。高松を継いだ光圀の息子頼《より》常《つね》に子が生まれなかったのだ。子供がなければ交換はなりたたない。どころか、藩の相続さえできない。頼常は水戸から養子を取り、高松も頼重の血筋に戻った。

こうして、水戸は嫡流へ回帰したのであった。

「将軍家が嫡流ならば、余も従おう。しかし、二代秀忠からして嫡流ではなかった。たしかにときは戦国である。嫡男が戦死することもある。神君家康公が長子相続をいうなれば、二代将軍は秀康さまでなければならなかった。それが三男秀忠となった。ここで徳川本家は正統たる理由を失った」

「……………」

無言で用人が聞いた。

「続いて五代だ。四代将軍家綱《いえつな》さまに子供がなかった。そこで三代将軍家光さまのお子であった綱吉に座が回った。これもおかしい。綱吉は四男なのだ。家光さまには成長した三人の男子がおられたのだ。嫡男家綱さま、三男綱重《つなしげ》さま、そして四男綱吉とな。家綱さまが逝去されたならば、綱重さまが継ぐ。これが正統である」

「綱重さまは、家綱さまより早くに亡くなられたのではございませぬか」

「うむ。その場合、代は綱重さまのお子に継がれるべきである。事実、綱重さまには、後に六代将軍となる綱豊《つなとよ》さまがいた。しかし、幕府は綱吉を選んだ」

用人の問いに、治保が述べた。

「そして十一代よ。将軍家に人なきとき、世継ぎを出すのは御三家の任と家康さまが決めておられたにもかかわらず、御三卿の一橋から出た。これが御三卿の筆頭である田安家ならば、まだ我慢もしよう。田安から人を奪っておいて、弟である一橋から強引に豊千代を押しこんだ。これは簒奪《さんだつ》以外のなにものでもない」

「仰《おお》せのとおりでございまする」

主君の言いぶんへ用人が同意した。

「尾張は、将軍家より罰を受けて脱落した。紀州は御三卿という腐肉を作り、御三家の意義をなくした吉宗を出した罪がある。見よ、残ったのは吾が水戸だけじゃ」

「はい」

「水戸が将軍を出す。そのとき、徳川の血は正統に戻るのだ。そのためには、まず簒奪の元凶である治済を排さねばならぬ。太田を待っているだけでは埒《らち》があかぬ。藩からも手を打つのだ」

「ですが、我が水戸家は旗本惣番頭《そうばんとう》。藩士どものほとんどが、旗本の分家。とても……」

最後を濁らせて用人が難しいと言った。

「残地衆《ざんちしゅう》を遣え」

治保が告げた。

「よろしいのでございますか」

「あれは、頼房さまが水戸に入られたときに抱えられたもの。幕府から付けられた藩士どもとは違う」

「佐竹の遺臣どもに、それだけの忠節がございましょうか」

「あやつらは、滅びを経験している。明日の米をなくした過去は、しっかりと伝えられている。水戸徳川に忠節を尽くすしか、生きていく術《すべ》がないことを身に染みて知っておるわ」

治保が暗い笑いを浮かべた。

「残地衆が、功をなせば、田安を使って得た治済警固の状況も無駄にならぬ」

「…………」

用人は沈黙した。

「残地衆をひそかに呼びだせ」

「……はっ」

主君の命に、用人は平伏した。

水戸城下、そのはずれに残地衆の組屋敷があった。

「江戸からの召喚状らしいな」

組頭の屋敷に小頭たちが集まっていた。

「うむ。見てくれてよい」

組頭が書状を押しやった。

小頭たちが、書状の上に顔を集めた。

「精鋭を率いて江戸の抱え屋敷へ入れとある。はて、残地衆は国元に常駐するのが定め。江戸へ出ることは許されておらぬはずだが」

一人の小頭が首をかしげた。

残地衆とは、戦国時代常陸を支配していた佐竹家の家臣であった者たちであった。関ヶ原で中立を表明し、家康に味方しなかったことで、佐竹家は石高を五十四万石余りから、二十万五千石へと半減のうえ、常陸から秋田へと移された。

収入の激減は、佐竹家の体制を大きく変化させた。家臣たちの禄を大幅に減らすだけでは足らなかった。もともと佐竹家は石高以上の家臣を抱え、そのお陰で近隣を圧し、領土を拡げてきた。それが仇となった。秋田への転封《てんぽう》を期に、佐竹家はかなりの家臣を放逐《ほうちく》せざるをえなかった。

禄を離れた佐竹の旧臣たちを拾いあげたのが、水戸家初代頼房であった。頼房は、佐竹氏の旧領を引き受けるにあたって、混乱を避けるために領民と馴染みの深い佐竹の旧臣たちを利用しようとした。

そのため、佐竹の旧臣たちは、国元に縛《しば》られることになった。

また、御三家として将軍の家臣たちを分与された形になった水戸家では、旗本出身の者が重用された。どれだけ優秀であっても残地衆は藩政にかかわることを許されず、家禄と身分は固定されたままであった。

当然、旗本出身の家臣たちとの間には深い溝ができた。残地衆は、他の家臣たちとあらゆるつきあいを避け、婚姻《こんいん》も組内だけでおこなっていた。

「きなくさいな」

別の小頭がつぶやいた。

「うむ。精鋭を出せというのも気になる」

同意するように、組頭も言った。

「しかし、拒否することはできぬ」

座敷の右側に座っていた年老いた残地衆が声を出した。

「組長《くみおさ》」

組頭が顔を向けた。

「逆らえば、残地衆は放逐されるぞ」

年老いた残地衆が続けた。

組長とは残地衆独自のものである。前の組頭であった者が、引退してから就く役目で、藩へ届け出た正式なものではなかった。組頭の補佐という意味合いが強く、決裁するだけの権は与えられていなかった。

「放逐……」

集まった者のなかにさざ波のような衝撃が拡がった。

残地衆にとって、禄を失うのは最大の恐怖であった。

安らぐ日とてない戦国の世、主君佐竹家の言うまま、多くの一族を死なせながらつくした家臣の末裔《まつえい》こそ残地衆であった。佐竹家の移封に伴えるものだと思っていた残地衆たちへ下されたのは、土着の命であった。

土着といったところで、土地を与えられるわけではなかった。知行所《ちぎょうしょ》を持っている者もいたが、あたらしく常陸を領した水戸家がそれを認めるはずもない。

佐竹の後常陸を領したのは、徳川家康の五男信吉《のぶよし》であったが、信吉は一年足らずで死去、後を家康の十男頼将《よりまさ》、後の頼宣が継いだ。頼宣は、六年間水戸を領したが、一度も国入りすることなく、佐竹の旧臣にも注意を払わなかった。

家康にもっとも愛された頼宣が、駿河へ転じられた後を受けたのが、家康の末子頼房であった。頼房は、兄二人たちとの格差を恨みに思いながら、水戸を領した。

それが、捨てられた佐竹の家臣たちを拾いあげる動機となった。領地安定、一揆《いっき》の防止と、新規召し抱えの名目もたった。

放置されて七年、残された佐竹の遺臣たちは、窮乏の極みにいた。無事に帰農できた者はまだよかった。なまじ佐竹氏のころ、ひとかどの侍だった者ほどもろかった。武士としての誇りが邪魔をして、百姓にも商人にもなりきれなかったのだ。

それこそ明日の米のため、娘を売らねばならぬとなったところで、さしのべられた頼房の手は、まさに仏であった。

捨てられた家臣たちは、新たな主を得て、残地衆となり、その忠誠は頼房へ捧げられることになった。

「二度と戻りたくない」

抱えられた残地衆たちは、新たな主から見放されることを怖れ、絶対の忠誠を誓い、そのことを忘れぬよう、代を継いで言い伝えてきた。

「行くしかないのだ」

組長が静かに告げた。

「埜田《のだ》。急ぎ、組衆を率いて江戸へ行け」

「承知いたしましてござる」

呼ばれた小頭がうなずいた。

「残った者は、組内から武芸達者を三名ずつ選べ。十日以内に埜田の後を追う形で出発せよ」

「おう」

小頭たちが承諾した。

「散会せよ。ああ。埜田は残れ」

一同を帰らせてから、組頭は埜田を近くへ招き寄せた。

「なにか」

旅立ちの用意もある。埜田は組頭をせかせた。

「埜田、江戸へ出たら注意を怠《おこた》るな」

「ぬかりはござらぬ」

組頭の危惧を埜田が否定した。

「よいか。我らは殿のみに仕える者。家老であろうとも我らを遣うことはできぬ。念のために申しておく、殿直接の命でないかぎり、いっさい従うな」

「……偽命が出ると」

「うむ。呼ばれたのが殿であるかどうかの確認もできておらぬ。本来ならば江戸へ儂が出て、お目通りを願ったうえで確認すべきであるが、早急にと仰《おお》せである。その手間をとったことで殿の不興を買ってはならぬゆえ、まず第一陣としてそなたを選んだのだ。殿のご命ならばなにを置いても果たさねばならぬ。ただ、殿のものでなかったとき、残地衆は滅びることになる」

重い声で組頭が述べた。

道具として主君の意思にそぐわないことをしてしまえば、残地衆の存在価値はなくなる。すでに関ヶ原から百年をこえ、常陸の国は水戸家の支配で安定している。そんななか無用となった残地衆に変わらず禄が与えられているのは、唯一水戸藩主に忠誠を誓うからであった。

「お叱《しか》りを受けようともかまわぬ。間に入った用人の機嫌など気にする必要はない。代々の禄を受けつぎ、子や孫を浪々の身としたくなければ、かならず守れ」

「承知いたした」

埜田が強くうなずいた。

水戸を出た残地衆は、二日後江戸小梅村《こうめむら》にある水戸藩の抱え屋敷へ入った。抱え屋敷は幕府から拝領した上屋敷、下屋敷などと違い、水戸藩が金を出して買うか借りるかしているものである。屋敷の規模も小さく、作りも雑であったが、幕府の手はおよばなかった。

「待っていたぞ」

出迎えたのは用人であった。

「ご用人、殿は」

最初に埜田は問うた。

「ここへお見えではない。だが、ご命は承《うけたまわ》っておる」

用人が懐から書付を出した。

「上意である。かしこまれ」

「………………」

書付を振りかざした用人へ、埜田は冷たい目を向けた。

「聞こえなかったのか」

「殿直接のお言葉でなくば、残地衆は動かず。これは、初代頼房さま以来の決まりごとでございまする」

頑として埜田は首を縦に振らなかった。

「余をわざわざ呼びだすとは……」

文句を言いながらも治保は、遠乗りにかこつけて抱え屋敷まで来た。

「お初にお目通りいたしまする。残地衆小頭埜田平悟《へいご》にございまする」

座敷の外、縁側で埜田が平伏した。

「治保じゃ。遠路ご苦労であった」

「かたじけないお言葉、恐悦至極《きょうえつしごく》に存じまする」

埜田が額を床板に押しつけた。

「残地衆の忠誠を、余に見せてくれい。一橋治済を誅《ちゅう》せよ」

治保が命じた。

「な、なんと……」

聞いた埜田が絶句した。

「将軍家、田安家と手を出した治済は、今尾張に目を付けている。紀州の出自につながることを思えば、次に狙われるのは吾《わ》が水戸である。頼房さま以来の血筋を簒奪させるわけにはいかぬ」

「………」

埜田は沈黙した。

「血筋が変われば残地衆は存続できぬかも知れぬのだぞ。頼房さま以来、ずっとそなたたちを庇護《ひご》してきた水戸の正統を崩してよいのか」

「それはなりませぬ。殿のお血筋は尊きもの。それを護るのは我ら残地衆が使命でございまする。御嫡流におよぶ危難、かならず退けてご覧にいれまする」

「頼もしく思うぞ」

宣言した埜田に、治保が満足そうな声をかけた。

第四章　戦国の亡霊

一

「おまえが土産《みやげ》を持って行っただと」

話を聞いた上田聖が、息を呑《の》んだ。

「槍《やり》でも降らねばよいがの」

大久保典膳が天をあおいだ。

「儂《わし》のもとには、沢庵《たくあん》一本持って来たことがないというに」

「申しわけございませぬ」

言われて衛悟は頭をさげた。

「冗談じゃ。ちゃんと束修《そくしゅう》はもらっておる。気にするな。どうせ、兄者どのが手配であろう」

「はい。砂糖を一袋用意してくださいました」

衛悟は答えた。

薩摩《さつま》が琉球諸島《りゆうきゆう》で砂糖の栽培を奨励したおかげもあって、江戸でも手に入りやすくなった。それでも嗜好品《しこうひん》ではなく薬として、薬種商で売り買いされるほど貴重であった。

「吉報がくればいいの」

師匠として弟子の行く末は気になると、大久保典膳が口にした。

「かたじけのうございまする」

「よいのか」

上田聖が、小さな声でささやいた。立花の一人娘瑞紀のことを、上田聖は知っていた。

「……………」

なにも言うことが、衛悟にはできなかった。

「さて、稽古《けいこ》だ。あとは任せたぞ、聖。儂は見ておる」

弟子たちの面倒を師範代の上田聖へ押しつけて、大久保典膳が上座に腰をおろした。

道場での稽古の目的は慣れることであった。剣を持った動きに慣れる。剣に狙われる感覚に慣れる。もっとも効果のある修行は、数を重ねることなのだ。衛悟と上田聖は、初心者ほど竹刀《しない》を振らせた。

「まっすぐだ。ただそれだけをくりかえせ」

入ったばかりの新弟子へ、上田聖が、素振りを命じた。

「右手で柄を握ろうとするな。左手の小指を締めろ。右手は添えものだと思え。左手だけで竹刀振りができるようになれば、一人前だ」

衛悟も教えた。

「柊さま」

初年者に稽古をつけていた衛悟へ、木村《きむら》が声をかけた。

「一手お願いできませぬか」

木村は筆頭の上田聖、次席の衛悟に次ぐ、第三位の席次をもつ大久保道場の精鋭であった。

「しばし、待ってくれ」

面倒を見かけた弟子を途中で放りだすことはできなかった。

を振った。

「はい」

木村が引いた。

小半刻《こはんとき》（約三〇分）ほど弟弟子につきあった衛悟は、一区切りを付けると木村へ手を振った。

「やろうか」

声かけに喜んで木村が、近づいてきた。

「なにか工夫でもしたか」

竹刀をもって対峙《たいじ》しながら、衛悟は問うた。

「少しばかり考えたことがございまして」

木村が認めた。

「おもしろそうだな。参れ」

一つしか席次は変わらないが、上位は衛悟である。

「お願いいたしまする」

一礼した木村が、竹刀を脇に構えた。

「ほう……衛悟の影響か」

稽古を休めて、二人を見ていた上田聖が目を見張った。

涼天覚清流《りょうてんかくしんりゅう》は、真っ向からの一撃必殺を極意としていた。兜《かぶと》ごと一刀両断する大上段を得意とし、脇構えは滅多《めった》に遣《つか》われることがなかった。

左足を前に木村が、腰を浮かせた。

「跳んでくる気か」

衛悟は木村の意図を悟った。

「りゃああ」

裂帛《れっぱく》の気合いとともに、木村が動いた。間合いを縮めるためのものではなく、衛悟より高い位置から一刀をくりだすために、斜め上へ跳んだ。

空中で木村が竹刀をはじき出すように振った。通常ならば衛悟の胴を狙う竹刀は、高さを得て、側頭部を襲った。

「…………」

後ろへ跳んで衛悟は、これを避けた。

「はあ」

地へおりた木村が、その勢いをかって迫った。

「やはり二の太刀か」

上田聖がつぶやいた。

木村の竹刀が小さくひるがえって、左袈裟《ひだりけさ》へと変わった。

「……ぬん」

床板を踏みぬくほどの勢いで蹴った衛悟は、竹刀をまっすぐ突いた。

「えっ」

振りおろした木村の竹刀を衛悟の突きがはじきとばした。

後ろへ竹刀を持っていかれた木村が、あわてて叫んだ。

「参った」

降参の意思を表さないと、衛悟の竹刀がとどめの一撃を送ってくる。情け容赦ない一閃《いっせん》は、青あざくらいではすまなかった。

「見たか」

「ああ。竹刀を竹刀で突いたぞ。人の業《わざ》ではないぞ」

見学していた弟弟子たちが驚愕《きょうがく》のささやきを漏《も》らした。

「ふむ」

衛悟は振りあげた竹刀をゆっくりと戻した。

「ありがとうございました」

木村がしびれた手をさすりながら、礼を述べた。

「一刀目は見せ太刀か」

竹刀を降ろしながら、衛悟は訊《き》いた。

「……一応、あれも本気なのでございまするが。二の太刀は続き技で」

情けなさそうな顔で木村が答えた。

「後ろへ引かせるための一撃ではなかったのか」

見ていた上田聖も加わった。

「………」

木村が黙ってしまった。

「悪くはなかったぞ。ただ、最初が派手すぎる」

「うむ。大きな動きを出すためにはどうしても準備がいる。構えておるときから腰が浮いていれば、跳ぶと読まれるぞ」

「はあ、しかし、そういたしませぬと疾《はや》さが……」

二人から助言を受けた木村が、言いわけした。

「おい、衛悟」

「わかった」

上田聖の求めに、衛悟は同意した。

「えっ……」

あっけにとられている木村の前で、衛悟と上田聖が対峙した。

「来い」

「参る」

格上の上田聖が、衛悟をうながした。

衛悟は、先ほどの木村と同じように竹刀を脇へ構えた。膝《ひざ》も腰もいつもの位置であった。

「おうやあ」

気合い一閃、衛悟が膝を軽く曲げただけで、跳んだ。高さは木村より低かった。しかし、振りだした竹刀は、大柄な上田聖の横鬢《よこびん》へまっすぐ伸びた。

「…………」

先程の衛悟同様に、上田聖が下がった。

跳んだ勢いを竹刀へのせて、衛悟が左袈裟を放った。

「はああ」

すさまじい気合いで上田聖が、衛悟の竹刀を突き飛ばした。

「参った」

すぐさま衛悟は、叫んだ。

「ふうう」

上田聖が息を吐いた。

「わかったか」

木村の隣に腰をおろして、衛悟は確認した。

「いえ」

申しわけなさそうに木村が首を振った。

「構えのことだ。それほど大きな動きをせずとも、跳ぶ瞬間に膝と足と腰をたわめ、同時に伸ばせば十分な高さを得られる。大きな動きは隙《すき》を生む。あと左横鬢を狙うときに、左肩を入れ気味にすれば、切っ先は一寸（約三センチメートル）先にでる」

「はあ」

口で言われてもわからないのが技である。ここからは、己《おのれ》でくりかえして、ものにしていくしかなかった。

「衛悟、もう一回つきあえ。木村、見ておけ」

待っていた上田聖が言った。

「本気で来い」

「わかった」

上田聖にうなずいて、衛悟はふたたび先ほどと同じ構えを取った。

「おうりゃあ」

遠慮のない横殴りを衛悟は放った。

「ふん」

前回とは鋭さの違う一閃を、上田聖は首を後ろに反《そ》らせるだけでかわした。

「りゃあああ」

空《くう》を斬った竹刀を止めず、勢いのまま身体《からだ》を回して、衛悟は、左から斬りあげた。

「ぬん」

上田聖の竹刀が、音をたてて真っ向から落ちてきた。

「くっ」

衛悟は竹刀から手を離すと、腰からわざと落ちた。衛悟の頭上三寸（約九センチメートル）のところで上田聖の竹刀が止まった。衛悟の髷《まげ》が刃風で揺れるほどの勢いを、上田聖は見事に止めていた。

「それまで」

大久保典膳が手をあげて制止した。

「本気をだすな、本気を」

大久保典膳が上田聖と衛悟を叱《しか》った。

「わかったであろう、木村」

飲まれたままの木村に大久保典膳が語りかけた。

「奇手というのは、一度読まれてしまうと二度は効かぬ」

「は、はい」

木村が大きく首を縦に振った。

「工夫することはよい。剣聖と呼ばれた先人たちも、毎日試行錯誤を重ねて、流派を作りあげていったのだからな」

「……はい」

大久保典膳のなぐさめにも木村はか細い返事をしただけであった。

「遠いと知ったか」

竹刀を片づけている衛悟と上田聖へ、大久保典膳が目をやりながら言った。

「…………」

無言で木村がうなずいた。

「道は険しく長いが、おまえも到達できるのだ。止《とど》まることなく、研鑽《けんさん》を積めば、かならずな」

「はい」

木村が元気を取りもどした。

「よし。本日の稽古はそれまで」

大久保典膳が宣した。

弟子たちが片づけに入った。木村も竹刀を戻しに、大久保典膳から離れていった。

「おまえが、あそこまで登ったとき、二人は儂を凌駕《りょうが》しておるだろうよ。人を殺す。人に殺される。その覚悟ができぬかぎり、あの二人に追いつくことはできぬ」

大久保典膳が木村の背中を見た。

「そんな覚悟など、しないにこしたことはないのだがな」

独りごちた大久保典膳が、道場を後にした。

去っていく師を見送りながら、衛悟は上田聖に話しかけた。

「叱られたな」

「ああ」

上田聖が首肯《しゅこう》した。

弟弟子がいるところで、見せる試合ではなかった。二人の放つ殺気に、弟子たちが気圧《けお》されていた。

「衛悟。おぬしはどこまで行くつもりだ」

「…………」

訊かれて衛悟は沈黙した。

衛悟の頭に、男の影が浮かんだ。

「あいつを倒すまで」

「そのあとはどうするのだ」

答えた衛悟へ、上田聖が重ねて問うた。

「わからぬ。今は、それしか考えていない」

衛悟は首を振るしかなかった。

「のめりこむなよ」

「ああ」

親友の気遣《きづか》いに、衛悟は心から感謝した。

普段の稽古では剣気など道場を出れば霧散した。上田聖と本気で試合《しあ》った今日は、屋敷に帰るまで殺気が残ってしまった。

「戻りましてございまする」

「おかえり……ひっ」

玄関からの出入りを許された衛悟を出迎えた、兄嫁幸枝が息を呑《の》んだ。

「御免《ごめん》を」

衛悟はあわてて自室へ下がった。

「瑞紀どのならば、驚かぬのだがな」

兄嫁の反応を、衛悟は瑞紀と比べていた。

「あまり話もしておらぬな」

自宅で三度の食事を摂《と》るようになって、衛悟と瑞紀は会うことがなくなった。併右衛門を送っていったときに、挨拶《あいさつ》を交わすていどであった。

「これがあたりまえか」

奥右筆組頭《おくゆうひっくみがしら》の立花家と柊家では、家格が違ってしまっていた。幼馴染《おさななじ》みとはいえ、世間で一人前とみなされる年齢ともなれば、一定の線を引かなければならないのは当然であった。

衛悟は落ちつかない一日を過ごした。

二

翌日、衛悟が道場へ出かけるよりも早く、永井玄蕃頭《げんばのかみ》の家臣、佐藤記右衛門が訪れた。

「早々からお邪魔をいたしまする」

玄関先で応対した衛悟と兄嫁幸枝に、まず佐藤は詫《わ》びた。

「できるだけ早くと主《あるじ》から命じられましたので、ご迷惑を承知で参上つかまつりました。ご養子のことでございまするが、一つ見つかりましてございまする」

「まことでございましょうか」

喜びの声をあげたのは、幸枝であった。

「はい。お相手は常陸《ひたち》の国に御領地をお持ちの旗本二百八十石、小石川《こいしかわ》にお屋敷のある御堂敦之助《おどうあつのすけ》さま。長女和衣《かずえ》さまの婿《むこ》をお探しとのことでございまして。和衣さまは、今年で十九歳、お歳頃もちょうどよいのではないかと、主が話をいたしましてございまする」

佐藤が一気にしゃべった。

「二百八十石でございまするか」

幸枝が驚愕した。領地を持っているとなれば、給米取りの二百俵の柊家とは格が違った。毎年徳川家から二百俵の米を現物支給される柊家に対し、御堂家は二百八十石の米が取れる領地を与えられている。同じ石高でも領地を持っていると持っていないでは、城中での席次が変わるほどの差があった。

「三河以来のご譜代で、番方筋《ばんかたすじ》。御当主御堂敦之助さまは、今新御番組《しんごばんぐみ》をお勤めでございまする」

新御番組とは、書院番《しょいんばん》、小姓番《こしょうばん》より格は落ちるが、城中で将軍の身辺を護《まも》る役目である。中奥に詰め所を持ち、将軍家ご休息の間へ出入りする者を見張った。

「つきましては、一度、お会いいただきたく、ご都合をうかがって参れと、主から命じられて参りました」

用件を佐藤が語り終えた。

「いつでも、いつでも大丈夫でございまする。玄蕃頭さまのご都合に合わさせていただきまする」

衛悟の意思も聞かず、幸枝が答えた。

「いえ、主は同席いたしませぬ。そのようなことをいたせば、どちらさまもお断りがしにくいだろうと」

「そのようなご無礼、けっしていたさせませぬ」

玄蕃頭の気遣いを、幸枝は潰《つぶ》した。

「正式な席は後日といたしまして、とりあえず顔見せだけでもと、三日後上野不忍《しのばずの》池《いけ》の茶店まで、ご足労を願いまする。失礼ながら、わたくしが柊さまに同席させていただきまするゆえ」

言い終わった佐藤が帰った。

「おめでとうございまする。お祝いの膳を用意いたさねば」

佐藤を見送った幸枝がはしゃいだ。

「まだ決まったわけではございませぬが」

衛悟は慎重な意見を出した。

「玄蕃頭さまのお話でございますよ。誰が断れましょう。今お話が決まれば、式は三《み》月《つき》ほど先になりましょうか。ああ、実家に鯛《たい》の手配を頼んでおかなければ」

一人浮かれた幸枝が、屋敷のなかへ入っていった。

「はあ」

残された衛悟は嘆息するしかなかった。

迎えに来た衛悟から話を聞いた併右衛門は、一言だけしか口にしなかった。

「そうか」

桜田門から屋敷に着くまで、併右衛門は無言であった。

「では、本日はこれで」

「ご苦労であった」

「ありがとうございました」

衛悟は親娘《おやこ》に見送られて、自宅へと戻った。

「聞いたぞ、衛悟。でかした」

待っていたのは兄賢悟の称賛であった。

「柊の一族で領地持ちはおらぬ。衛悟、出世頭ぞ」

「はあ」

「なにより側役《そばやく》永井玄蕃頭さまのお口ききぞ。あとの出世も決まったようなものだ。三百石、いや五百石も夢ではない」

一人興奮する賢悟を、衛悟は他人事のように見た。

「三日後か、あいにくお勤めがあるゆえ、同道はしてやれぬが……」

賢悟が衛悟を見た。

「無礼なまねをするでないぞ。この話が潰れれば、二度とそなたが浮かぶことはない。肚《はら》を据《す》えよ」

「……はい」

衛悟は首肯するしかなかった。

立花家でも衛悟の見合いが話題になった。

「衛悟が見合いをするそうだ」

夕餉《ゆうげ》の席で、併右衛門が告げた。

「……さようでございまするか」

一拍間を置いた瑞紀が、さりげなく応えた。

「気にならぬのか」

娘の態度に不審を感じた併右衛門が問うた。

「決まったわけではございませぬ」

瑞紀が茶を淹《い》れながら言った。

「永井玄蕃頭さまのお話ぞ。柊が断れるはずもない」

世知に長《た》けた併右衛門からすれば、上役から勧められた見合いは、どういう過程を取ろうとも、決定であった。

「そうでございまするか」

「瑞紀、なにか衛悟との間に約束でもできたのか」

あまりに落ちついている瑞紀に、併右衛門は首をかしげた。

「いいえ」

瑞紀が首を振った。

「ふうむ」

食事をしながら、併右衛門はうなった。

「父上さま」

今度は瑞紀が呼んだ。

「なんじゃ」

「それで父上さまは、お認めになられまするか」

「……うむ」

問われて併右衛門はうなった。

奥右筆組頭は、一つまちがえば命を狙われるほどの機密に触れる。事実、併右衛門は田沼主殿頭《とのものかみ》意次の息子田沼意知《おきとも》と旗本佐野《さの》善左衛門《ぜんざえもん》政言《まさこと》の刃傷《にんじよう》にかかわる秘事を知ってしまい、襲われた。

それを救ったのが衛悟であった。剣術しか能のない隣家の厄介叔父《やっかいおじ》は、命をかけて併右衛門を護り抜いた。

いや、未だに併右衛門を狙う刺客はあとを絶たない。衛悟がすべてを払いのけてくれなければ、併右衛門だけでなく瑞紀も死んでいた。

「衛悟さまほどの人を、探せましょうか」

「むうう」

言われて併右衛門は否定できなかった。

剣の腕ならば、衛悟を凌駕《りょうが》する者は、それこそ掃《は》いて捨てるほどいる。金さえ積めば、人数をそろえることもできた。

しかし、それだけでは併右衛門の護衛は務まらなかった。

幕政の闇と戦うのだ。そこには、知られてはならない徳川の秘密もあった。その圧倒する迫力に耐え、一言も口外しないだけの肚が据わってなければ、役に立たないのである。

その困難を、衛悟は今までやり遂げてきた。

「……………」

考えた併右衛門は、瑞紀を見た。

「女だったのだなあ、おまえも。強くなったな」

「今ごろお気づきになられたのでございますか」

瑞紀がにこやかに笑った。

「動くとするか」

併右衛門が瑞紀に微笑《ほほえ》んだ。


白河藩松平家上屋敷に忍びこんだ冥府防人は動きを止めた。

「この造りは忍《しのび》対策か。よほど狙われたのだろうな」

冥府防人がつぶやいた。

上屋敷の庭には、身を隠すような大木、灯籠《とうろう》の類《たぐい》がいっさいなかった。さらに庭の端から屋敷までは、十間（約十八メートル）以上離れていた。いかな冥府防人でも一瞬で踏破することはできなかった。

「そのうえで、見張りが要所にいる。かがり火がないのもやる」

小さく冥府防人が笑った。

かがり火は闇を照らす。と同時に影を生みだした。かがり火の届く範囲は、明るくなるが、その光になれた目からすると、外れたところは漆黒《しっこく》の闇となってしまう。明暗が人の目を狂わせてしまうのだ。均一の闇ならば、わずかな差も見わけられる。冥府防人は白河藩の防備に感心していた。

「忍がかかわっておるな。白河に忍がいたとは聞いておらぬ。そうか、お庭番《にわばん》か」

冥府防人は思いあたった。

お庭番は八代将軍となった吉宗が、紀州家から連れてきた腹心の末裔《まつえい》である。伊賀《いが》組《ぐみ》や甲賀《こうが》組《ぐみ》のような、幕府に仕えるというより、将軍への忠誠だけで成りたっていた。

「家斉さまのお手配か」

十一代将軍と松平定信の仲が、表向きと違ってじつは良好であると冥府防人は知っている。

「屋敷のなかにもお庭番がいると考えるべきだろうな。一人、いや、二人までなら、どうにかできるが三人となれば、わからぬ。屋敷で襲うのは難しいか。かといって行列を襲うのも確実ではない」

駕籠《かご》のなかに入られてしまうと、外から正確な位置がつかめなくなる。一撃でしとめないと行列の供侍《ともざむらい》たちが壁となって立ちはだかる隙《すき》を与えてしまう。

「少し待つか」

刺客の仕事は、目標を確実に殺すことである。命を捨ててかかっても、失敗してしまえば無意味でしかなかった。

冥府防人は音もなく屋敷を出た。

上屋敷の屋根から、冥府防人を見張っている目があった。

「できるな」

独りごちたのは、お庭番古坂弁蔵《ふるさかべんぞう》であった。古坂は、家斉より松平定信の警固《けいご》を命じられていた。

「身形《みなり》は甲賀者のようであったが、今の甲賀にあれだけの術者がおるとは聞いておらぬ」

古坂が首をかしげた。

冥府防人が気づかなかったのは、攻める側と守る側の差であった。侵入するほうは、どうしても全周へ気を配らざるを得なくなり、注意が薄くなる。対して守る側は、担当するところだけに集中していればすむ。

「なにを探りに来たのかはわからぬが、油断できぬ相手よな」

屋根瓦《がわら》に溶けこみながら、古坂が小さく震えた。

三

見合いの日は、晴天であった。

「お迎えに参りましてございまする」

決められた時刻よりかなり早く、佐藤記右衛門が柊家を訪れた。

「お世話をおかけいたしまする」

幸枝に見送られて、衛悟はさっさと追いだされた。

「剣術の稽古は続けておられまするのか」

会話の糸口を佐藤がくりだした。

「一日休むと、勘が鈍りまするゆえ」

衛悟は応えた。

「恥ずかしい話、拙者、剣はからきしでございましてな。子供のころ道場へかようのが、嫌で嫌でたまりませなんだ」

笑いながら佐藤が言った。

「初年のころは辛いだけでございましたなあ」

衛悟も同意した。

「柊どのもそうでござったのか」

意外だとばかりに、佐藤が訊いた。

「退屈ではございませなんだか。毎日毎日竹刀の素振りばかりで、ほかはなにもさせて貰《もら》えない。なのに、稽古が終われば、あの広い床を拭《ふ》き掃除しなければなりませぬ」

「さようでございましたなあ」

衛悟より歳上の佐藤が、なつかしむようにうなずいた。

「でも、行かなければ叱《しか》られました。次男はいずれ他家へ養子に出る。そのとき、実家はなにもさせていなかったのかとあきれられては、柊の名折れとなる。道場が嫌だとごねるたび、父からそう叱られました」

亡くなった父親の顔を、衛悟は久し振りに思いだした。

「そのご努力が実られましたな」

「玄蕃頭さまのお陰でございまする」

とんでもないと衛悟は謙遜《けんそん》した。

不忍池が見えてきた。

「少し早すぎたようでございますな」

佐藤が苦笑した。

「いや、お相手を待たせるわけにはいきますまい」

「そう言っていただくと救われまする」

衛悟の気遣いに、佐藤が礼を言った。

「茶を二つ頼む」

赤い毛氈《もうせん》を敷いた床机《しょうぎ》に腰をおろした佐藤が、近づいてきた茶汲《く》み女へ注文した。

「しばしお待ちを」

緋色《ひいろ》のしごきでたすき掛けをし、二の腕まで見せた茶汲み女が背を向けた。

待つ間、寛永寺《かんえいじ》の巨大な甍群《いらか》が、圧するようにそびえているのを、衛悟は眺《なが》めていた。

「誰か、茶を」

少しして、落ちついた声が衛悟の側で聞こえた。

「お待たせしたか」

向かい側の床机へ腰掛けた壮年の侍が、佐藤へ声をかけた。

「いえ」

佐藤が立ちあがって、首を振った。

「御堂敦之助でござる」

壮年の侍が、衛悟へ挨拶をした。

「これは……ご挨拶が遅れました。柊賢悟の弟衛悟でございまする」

当主でない衛悟は、名のりの前にかならず兄の名前をつけなければならなかった。

「これが娘和衣でござる」

御堂敦之助が、隣りに腰掛けていた娘を紹介した。

「…………」

黙って和衣が頭をさげた。

「柊家はお目見え以上と聞いたが、三河譜代《みかわふだい》かの」

「はい」

将軍家斉に衛悟は会うどころか、姿さえ見たことはなかったが、家格はお目見えの許される三河譜代である。譜代には他に甲府譜代、関ヶ原譜代、駿河譜代などがあり、そのなかでも三河譜代は別格であった。

「重畳《ちょうじょう》でござる。ところで、剣の流派はどちらかの」

茶を手にしながら、御堂敦之助が問うた。

「涼天覚清流にございまする」

「失礼ながら、あまり聞かぬ名だが」

遠慮なく御堂敦之助が言った。

「はあ。あまり大きくはございませぬので」

衛悟は言いわけするように、述べた。

「剣は儂《わし》もいささかたしなんでおる。直心影流《じきしんかげりゅう》で免許をな」

御堂敦之助が自慢した。

「それは、かなりお遣いになられまするな」

横から佐藤が口をはさんだ。

「それほどでもないが、新番組でも免許持ちはそうおらぬ」

佐藤の称賛へ満足そうに御堂敦之助が答えた。

「将軍さまのお側《そば》をお守りになられるのは、ご名誉なお役目でございますな」

口べたな衛悟に代わって、佐藤が御堂敦之助の相手をした。

「うむ。新番組は、小姓組や書院番組と違い、真《まこと》に剣を遣えねばつとまらぬ」

御堂敦之助が、胸を張った。

「ならば柊どのは大丈夫でございまする。柊どのは免許皆伝の腕前と承《うけたまわ》っておりますれば」

佐藤が衛悟を褒《ほ》めた。

「免許皆伝か。しかし、涼天……なんと言われたかの……ではそうであっても、直心影ではどうであろうな。いかがだ、柊どの。儂がかよった道場を紹介いたすゆえ、一度修行をやり直してみられては」

尊大に御堂敦之助が述べた。

「はあ」

衛悟は生返事を返すしかなかった。

「御堂さま。柊どのの剣は、主《あるじ》が保証しておりまする」

「玄蕃頭さまが、折り紙をつけてくださるならば、まちがいござらんだろうが……」

御堂敦之助が、衛悟を見つめた。

「どうじゃ。一度手合わせをいたさぬか。関ケ原で首をあげ領地をいただいた御堂家の婿《むこ》となるやも知れぬ御仁の腕前を見てみたい。上様のお側近くに仕えるにふさわしいかどうかをな」

「是非《ぜひ》に」

真実味のこもっていない声で、衛悟は応えた。

「次の非番のおりにいたそうか。場所は、儂が決めてよろしいかな」

勝手に御堂敦之助が話を進めた。

「御堂さま」

さすがに佐藤が止めようとした。

「いや、たわむれでござるよ。そう剣士の交流と申すものでな。あらたまった試合などではござらぬ」

御堂が首を振った。

「しかし……」

佐藤が衛悟の顔をうかがった。

「拙者はかまいませぬ」

話をするより、竹刀を振っているほうがはるかに楽だと衛悟は考えた。

「では、あらためてご連絡いたそう。帰るぞ、和衣」

御堂敦之助が、娘を連れて去っていった。

「いやはや、なんと申しあげてよいのやら」

立ちあがって見送った佐藤が、落ちるように腰を落とした。

「お気になさらず」

衛悟は首を振った。御堂敦之助が衛悟を気に入らない理由がおぼろげにわかっていた。家格の低さであった。

給米取り二百俵と領地持ち二百八十石では、家格に雲泥の差があった。幕臣にはいくつかの区別があった。もっとも大きなものが、譜代大名と旗本の差である。つぎがお目見えができる旗本か、許されない御家人かの違いであった。この二つの間には決してこえることのできない大きな溝があった。

柊家の二百俵は、御家人でない旗本として少ないほうに入る禄高であり、もっとも低い家格であった。事実、同じような二百俵から三百俵の給米取りの次男以降は、そのほとんどが御家人の家へ養子にいっていた。

「なれど、許せぬのは、主玄蕃頭の言葉を信用いたされなんだことでござる」

なんども御堂敦之助が衛悟の剣を疑ったことを、佐藤は憤慨《ふんがい》していた。

「…………」

衛悟はなにも言わなかった。それは、佐藤と御堂敦之助の間の話で、衛悟にかかわりはなかったからだ。

「お送りいたしましょう」

茶代を払った佐藤が衛悟をうながした。

「いや、これより道場へ参ろうと存じますゆえ、ここで」

衛悟は、断った。

「さようでございますか。では、失礼をいたしまする」

「玄蕃頭さまへ、よしなにお伝えくださいますよう」

頭をさげる佐藤と、衛悟は別れた。

不忍池は、庶民の憩《いこ》いの場として開放され、多くの茶店や物売り店が並んでいた。

衛悟は、露店を冷やかしながら歩いている町人たちの間をのんびりと歩いた。

「けっきょく、一言もしゃべらなかったな。あの娘御」

衛悟は御堂和衣の顔さえ覚えていなかった。

「口もきいたことのない相手と生涯をともにするのは……あれは覚蟬どのか」

天を仰ぎかけた衛悟は、見なれた老僧の姿を見つけた。

「どうかなされたかの、お控えどのよ」

「お珍しい。今日は托鉢《たくはつ》でございまするか」

衛悟は、覚蟬がまともな袈裟《けさ》を身にまとっていることに驚いた。穴の開いてない笠をかぶり、錫杖《しやくじよう》、鉢をもった姿は、立派な修行僧に見えた。

「なあに、顔見知りの僧侶が、古びた袈裟をくれましたのでな。ちょっと坊主のまねごとをいたそうかと。となれば人の多いところがよろしかろう」

覚蟬が手にしていた鉢を突きだした。

「報謝を」

苦笑いしながら、衛悟は財布から銭を数枚取りだした。

「なむあみだぶつ、なむあみだぶつ」

錫杖を鳴らして、覚蟬が念仏を唱えた。

「功徳を施されたゆえ、極楽往生まちがいなしでござる」

覚蟬が歯のない口を開けて笑った。

「そういえば、お控えどのよ。ちらと拝見いたしましたが、なにやら妙齢のご息女と対面なされておられたようす」

「ご覧になっておられたか」

衛悟は嘆息した。

「お見合いでござったが」

「そのようなものでござる」

「これはこれは。めでたい。これでお控えどのも御当主さまでござるな」

大仰《おおぎょう》に覚蟬が述べた。

「まだ決まったわけではございませぬ」

苦笑を衛悟は浮かべた。

「はて、なにやら支障でもございますかの。お歳頃も人相の相性もよろしいように見受けましたが」

「まあ、なにかと」

さすがに家格が低すぎてとは言えなかった。

「もったいない。なかなか、いまどきお控えどののほどの出来物《できぶつ》はおられませんのになあ」

みょうな褒《ほ》め方を覚蟬がした。

「そういえば、長くお見かけしておりませんが、立花どのはお元気でござろうか」

「あいかわらず、お役目一筋でございまする」

覚蟬の問いに、衛悟は答えた。

「さようでござるか。けっこう、けっこう」

うなずきながら、覚蟬の目が光った。

「おっと、いけませぬいけませぬ。日のあるうちに稼がねば、今宵《こよい》の米にありつけませぬからな」

覚蟬が錫杖を振って念仏を唱え始めた。

「お邪魔いたした」

声をかけられた衛悟であったが、覚蟬へ頭をさげて離れた。

「ふむ。まったく顔色に変化がなかった。ということは、奥右筆組頭への刺客がここ最近はないか」

笠のなかで覚蟬がつぶやいた。

「水戸はどう動くつもりであろうかの。まさか、いきなり将軍を狙うような馬鹿はせぬだろうが……まだ水戸に潰れられてはちと困るでな」

覚蟬が独りごちた。

お庭番からの報告は、委細漏らさず家斉にもたらされた。

「越中《えっちゅう》の屋敷に、忍びこんだ者がいたと」

村垣源内《むらがきげんない》から聞いた家斉が、目を細めた。

江戸城中奥の庭、泉水近くの東屋《あずまや》で家斉は、村垣源内の報告を受けていた。

「かなりの忍《しのび》だとのことでございまする」

家斉の前で平伏しながら村垣源内が述べた。

「狙いは、越中の命か」

「おそらく」

村垣源内が首肯した。

老中首座にあった松平定信が、一橋治済との政争に敗れ、名ばかりの溜《たまりのま》間詰めへ左遷されてかなりの年数が経《た》っていた。いまだ松平定信を慕う役人も多く、影響力は残っているとはいえ、往時にくらべれば見る影もない。

「政《まつりごと》以外か」

的確に家斉は状況を把握していた。

「あと。これは申しあげるべきかどうか……」

歯切れの悪い口調で村垣源内が、言いかけた。

「申せ」

「田安の者が、民部卿《みんぶきょう》を襲おうとしたよしにございまする」

「……田安がか。無謀な」

家斉がつぶやいた。

「結果は聞かずともわかっておる。父は元気であるからな」

先を申せと家斉がうながした。

「なぜ今ごろ田安が動いたかでございまする」

「何者かが、後ろで糸を引いたのであろう」

あっさりと家斉が告げた。

「いまさら父を殺したところで、田安の当主が代わるわけではない。そのあたりもわからぬ愚か者じゃ。あやつるなど子供より簡単であろう」

「ご明察でございまする」

村垣源内が首肯した。

「で、その相手は」

「申しわけございませぬ。田安には気を配っておりませんでしたので……」

「よい。お庭番は少ない。そこまで手が回らぬのも当然じゃ」

詫びる村垣源内を家斉は許した。

「いかがいたしましょうや。田安を今後見張りましょうや」

「不要じゃ。二度も同じ手を使うほどの馬鹿ならば、気にするほどでもないからの」

「はっ」

村垣源内が承知した。

「あと、民部卿さまのご身辺警固をいかがいたしましょうか」

「それも要《い》らぬ。父には、あの主殺しがついておる。あやつを乗りこえて父を害することのできるものなど、そなたくらいであろう」

家斉が、首を振った。

「畏《おそ》れ入りまする」

褒め言葉に村垣源内が恐縮した。

「それより越中を護ってやれ。本来ならば、躬《み》ではなく越中がここに立っていたのだ。幕政を壟断《ろうだん》しようとした田沼主殿頭と父のせいで、一門とはいえ臣籍へ追いやられた。せめて寿命は全うさせてやりたい。頼んだぞ」

「はっ」

村垣源内が平伏した。

四

老中太田備中守《びっちゅうのかみ》の留守居役《るすいやく》田村一郎兵衛は、怯《おび》えていた。市中に設けた妾宅《しょうたく》にもかようことなく、藩邸でこもり続けていた。

「いい加減にせぬか。うっとうしいぞ」

下城してきた太田備中守が、おどおどしている田村一郎兵衛を叱りとばした。

「そうは仰《おお》せられまするが……」

本物の殺気を浴びせられたことなどなかった田村一郎兵衛にとって、冥府防人の恐怖は骨身へしみていた。

「留守居役が藩邸から出ずして、役目を果たせると思うか」

太田備中守は、寵臣《ちょうしん》の情けない姿にあきれた。

留守居役は、藩の顔であった。他の大名家との交際はもちろん、幕府との折衝も任とした。難しい幕府との対応を担《にな》うだけに、留守居役は藩でも切れ者と呼ばれる人物でなければ勤まらず、金の使いかたなどかなりの裁量が認められていた。

「今しばし……」

田村一郎兵衛がすがるような目で太田備中守を見あげた。

「ならぬ。老中を勤める太田家の留守居役が、最近姿を見せぬと、殿中で評判になっておるのだぞ。余に恥をかかせたいのか」

「申しわけございませぬ」

「明日、必要なところへ顔を出せなければ、留守居役を解任いたす。そう心得よ」

「殿」

主君太田備中守の宣言に田村一郎兵衛が、驚愕した。

留守居役の任は重く権限は大きい。と同時に余得もかなりあった。とくに老中の留守居役ともなれば、接待するよりされるほうが多く、もらいものも多い。そのお陰で田村一郎兵衛は、禄高《ろくだか》以上の生活をすることができ、妾《めかけ》も囲えていた。役目を取りあげられれば、そのすべてを失うことになる。

「それはあまりでございまする。もとはといえば、殿が……」

「黙れ。余がいつなにを言った」

太田備中守が怒鳴りつけた。

「そんな……殿のご命令でわたくしは甲賀組へ話をもっていっただけ」

「余に責を押しつける気か」

不意に太田備中守の声が低くなった。

「………」

田村一郎兵衛が黙った。藩邸のなかで主君に逆らうほどの愚はなかった。江戸の城下では目立ちすぎて使うことのできない上意討ちが、問題なくおこなえた。他人目《ひとめ》につくことなく、病死の一言で片づけられる。

「よいな。余はなにも知らぬ。そなたが、すべて勝手にやったことぞ」

太田備中守が、最後通告をした。

「わかったならば、下がれ。そなたの顔を見ておると、余まで不快になるわ」

「……は、はい」

「………」

冷たく追いはらわれて、田村一郎兵衛は御座の間を出た。

「役目を失いたくはないが、死ぬのは嫌じゃ」

上屋敷に与えられている長屋へ戻った田村一郎兵衛は、震えた。しかし、武士として役目を果たすより命が惜しいとは口が裂けても言えなかった。

「警固の侍を雇うしかないか」

田村一郎兵衛が思案した。すぐ側にいい例があった。奥右筆組頭立花併右衛門である。立花併右衛門は、隣家の次男坊を用心棒として雇い、何度も襲い来る敵から生き残ってきた。その刺客のいくたりかを放ったのが、主君の意を受けた田村一郎兵衛であった。

「奥右筆組頭の例もある。警固の侍を雇うくらいの金は、どうにでもなるしな」

ようやく田村一郎兵衛の顔色が戻った。

何日ぶりかに藩邸を出た田村一郎兵衛は、まわるべき挨拶回りの先ではなく、江戸で名の知れた道場を軒並み訪れていた。

「はあ、警固の者でございまするか。我が道場は旗本のご子弟に限っておりまするのでな、そういうお話は承っておりませぬ」

「我が流派では他流試合を禁じております。警固につくとなれば、戦うこともありましょう。それが、他流の者であれば、開祖の定めた決まりに反することとなり、破門いたさねばなりませぬ」

理由にもならぬことを並べ立てて、どこも田村一郎兵衛の願いを聞き届けてはくれなかった。

「なにが他流試合じゃ。戦《いくさ》が起こったときでも、そういうのか。斬り合う前にいちいち流派を問うなど聞いたこともないわ」

田村一郎兵衛が吐き捨てた。

「負けることを恐がりおって」

剣術は無用の長物《ちょうぶつ》であった。剣で人を斬ることが名誉であった時代は終わり、筆で出世していく世となって久しい。剣が武士という存在の根本でなければ、とっくに消え去っていてもおかしくはなかった。当然剣を学ぼうという者は少なく、どこの道場も弟子の獲得に躍起となっていた。こんな時代だからこそ危険を冒して名をあげるより、なにもせずに傷つかないことを選ぶのだ。有名な道場ほどその傾向は強かった。

だからといって田村一郎兵衛もあきらめられなかった。十何軒目になるか、歩いていて偶然見つけて入った道場で、あっさりと承諾が得られた。

「よろしゅうございましょう。当道場の免許持ちをお連れになられればいい」

初老の道場主は、すぐに弟子を呼んだ。

「この者たちは剣の筋に天性のものをもっておりまする。戦って後れをとるようなことはまずありませぬ。おい、名をな」

「石動《いするぎ》でござる」

「角谷《かどたに》と申す。お見知りおきを願おう」

道場主にうながされて二人の浪人が名乗った。

「太田備中守が留守居役、田村一郎兵衛でござる」

田村一郎兵衛も応じた。

「用件は師範どのから聞いていただけたと思うが、拙者の身辺警護でござる。藩邸を出て戻るまで、ほぼ一日同道していただく。給金は十日で一両お出ししよう。もちろん、同道していただいている間の中食《ちゅうじき》、夕餉の代金はもたせていただく」

条件を聞いた浪人たちの目が輝いた。十日で一両、月になおせば三両、年で三十六両になる。これは侍身分で最低とされる三両一人扶持《ぶち》どころか、同心の三十俵二人扶持よりも多かった。

「二人ともお雇いいただけるのか」

「そのつもりでござる」

道場主の問いに、田村一郎兵衛がうなずいた。

「いつから」

「今日からでよろしいかな」

「けっこうでござる」

「わたくしも差し支えござらぬ」

浪人たちが首肯した。

二人を連れて、やっと田村一郎兵衛は挨拶回りに出かけることができた。

「ここで待っていてくれ」

門前で警固の二人を待たせた田村一郎兵衛が、なかへ消えた。

「どう思う」

角谷が訊いた。

「額面どおりに受け取るわけにはいかんな」

石動が言った。

「ああ。いかに老中の留守居役が、力を持っているとはいえ、この江戸で命を狙われるなど、考えられぬ」

「いや、まず手出しする馬鹿がおるとは思えぬ。老中を敵に回しては、薩摩の島津といえども生き残るのは無理なのだぞ」

「しかし、我らが雇い主どのは震えてござるぞ」

小さく石動が笑った。

「笑いごとか。言われなかったが、おそらく一度や二度は襲われているぞ、あの怖がりようからして」

角谷が石動へ注意した。

「わりのいい仕事だと喜んでばかりもおられぬということか」

「おそらくな」

二人の目つきが変わった。周囲の気配を探るように顔を動かした。

「なにも感じぬな」

「ああ。杞憂《きゆう》ですむことを祈ろう」

「待たせたか」

そこへ田村一郎兵衛が戻ってきた。

「本日は、これで終わりにする。明日は早めに出るゆえ、朝六つ半（午前七時ごろ）には迎えに来てくれるように」

藩邸へ戻る途中で田村一郎兵衛が、告げた。

「承知」

「わかりもうした」

道場廻りにときを使いすぎたのか、すでに日はかげっていた。

「お留守居役どの」

石動が声をかけた。

「なんじゃ」

歩きながら田村一郎兵衛が訊いた。

「敵はどんなやつでござる」

「な、なにをっ」

突然問われた田村一郎兵衛が、あわてた。

「詳細をお話しくださらぬようだが、それでは十分な対応ができませぬ」

角谷が続けた。

「相手が剣でくるのか、槍でくるのか。それとも弓で狙うのか。それだけでも、こちらの心構えは違いまする」

「そういうものなのか」

武術の経験がない田村一郎兵衛には、わからないことだった。

「お隠しになられれば、それだけ我らの動きに制限がつきますぞ」

脅《おど》すように角谷が告げた。

「危ない相手ならば手当もあげていただかねばなりませぬでな」

尻馬に乗って石動が言った。

「金か。金なら出すが……」

しばらく迷った田村一郎兵衛が、口を開いた。

「相手はな……」

「その必要はないぞ」

田村一郎兵衛の言葉が中断された。目の前に一人の男が立っていた。

「い、いつのまに」

「……ど、どうして」

二人の浪人が狼狽《ろうばい》した。今まで影も気配もなかったところへ、いきなり男が湧いて出たのだ。

「警固を雇ったか」

影が笑った。

「ひい……」

浴びせられる殺気に田村一郎兵衛が悲鳴をあげた。

「顔を見るのは初めてか。絹の兄、冥府防人だ。覚えておいてくれ。御前のお身回りをお守りいたしておる」

冥府防人が小さく笑いながら名のった。

「こ、こやつか」

あわてて石動が太刀に手をかけた。

「ふん」

石動が抜くよりも、冥府防人がはるかに早かった。冥府防人の太刀が一閃して、石動の首が飛んだ。

夜の闇にも紅い血潮が大きく噴きあがった。

「……石動」

角谷が愕然《がくぜん》とした。仲間の死を目の前にして、身体が固まったのか、角谷は動けなかった。

「人が死ぬのを見るのは初めてか。それでは話にならぬの」

ためらいもなく、冥府防人が太刀を突き出した。冥府防人の切っ先は、深々と角谷の喉《のど》を貫いていた。

「ひっ」

田村一郎兵衛が袴《はかま》を濡らした。

「ひゃくっ」

喉から太刀を抜かれた角谷が、声ともいえぬ音を発して、崩れ落ちた。

「おもしろくもない」

冥府防人が吐き捨てた。

「このていどの者しかいなかったのか。まったく、暇つぶしにもならぬわ」

「あ、あ、あ」

逃げようと田村一郎兵衛が這《は》った。

「死にたいか」

背中から声をかけられた田村一郎兵衛が固まった。

「しゃべってもらうぞ。誰の命で、絹と拙者を襲わせた」

貼りつくように冥府防人が、田村一郎兵衛の背後をとった。

「そ、それは……」

「しゃべらずともよい。ここで殺すだけだからな。言えば、生かしてくれる」

「ま、まことか」

田村一郎兵衛が震えながら訊いた。

「きさまごとき、どうでもよいのだ」

冥府防人が告げた。

「は、話す」

ゆっくりと田村一郎兵衛が言った。

「……………」

無言で冥府防人が太刀を二度振った。甲高《かんだか》い音がして、火花が散った。

「な、なに」

驚愕した田村一郎兵衛が腰を抜かして、地に座りこんだ。

「出てこい、わかっていたぞ」

冥府防人に応じて、五間（約九メートル）ほど先の暗闇から二人の忍が現れた。

「蔭供《かげとも》か。よかったな、おまえは甲賀に守られていたぞ」

小さく冥府防人が笑った。

「えっ」

気づいていなかった田村一郎兵衛が口を開けた。

「もっとも、たった今殺すことにしたようだがな」

冥府防人が、地に刺さっている手裏剣《しゅりけん》を示した。

「な、なんで」

「……………」

無言で甲賀者が、跳びかかってきた。

「どいてろ」

田村一郎兵衛を突き飛ばして、冥府防人が迎え撃った。

「しゃっ」

迫ってきた甲賀者が忍刀《しのびがたな》をぶつけてきた。合わせるようにもう一人の甲賀者が手裏剣を撃った。

「古くさい手を」

冥府防人は忍刀をもった甲賀者を蹴り飛ばすと、太刀を回して田村一郎兵衛を狙った手裏剣をはたき落とした。

「…………」

もう一度かかってこようとした甲賀者へ、冥府防人は左手だけで抜いた脇差《わきざし》を投げつけた。身体を開いて甲賀者は避けたが、体勢を大きく崩した。その隙に冥府防人は、離れていった甲賀者へ手裏剣を投げた。

「はっ」

狙われて、手裏剣を投げていた甲賀者が後ろへ下がった。

「己だけのことしか考えぬから……」

冥府防人が前へ出た。脇差をかわして体勢を崩した甲賀者へ太刀を振るった。

「…………」

なんとか逃げようと背中を見せた甲賀者を、冥府防人の一刀が斬りおろした。

「くあっ」

苦鳴をあげて、甲賀者が沈んだ。

「ちっ」

残った甲賀者が、冥府防人へすさまじい目を投げた。

「ふ。おまえも死ぬか。そうなれば誰が組へ報せに帰るのだ」

冥府防人が感情のない声で言った。

「二度も刃《やいば》を向けたのだ。甲賀組は敵に回ったと考えていいな。帰って大野軍兵衛へ伝えろ。遠慮はせんとな」

「…………」

沈黙したまま、甲賀者が闇へと消えた。

「さあ、話してもらおうか」

腰を抜かしている田村一郎兵衛へ、冥府防人が血塗られた太刀を突きつけた。

五

残地衆第一陣が出た。水戸藩士でありながら藩政にいっさいのかかわりを禁じられた佐竹の旧臣たちは、日々を戦国武者としての鍛錬でついやしていた。

「用人の話によると、一橋治済さまは、品川の妾宅へお一人でお見えになることがあるそうだ」

夜の江戸を歩きながら、小頭《こがしら》埜田が語った。

「一人とは不用心な」

残地衆の一人が驚愕した。

「それがそうでもないらしい。妾宅には一人、強力な警固が居るらしい。詳細はわからぬが、もとは甲賀者でかなり剣術を遣うとか」

「一人か。一人ならばいかに遣い手であっても四人に囲まれれば、そこまで。さしたる脅威ではない」

「そうだ。倒さずともよいのだからな。ことがすむまで抑えているだけでいい」

別の残地衆が続けた。

「そう簡単でもないようだ。用人から聞いたところによると、四人で襲った者がいたらしいのだが……」

「どうなった」

「一人も帰ってきておらぬそうじゃ」

埜田が答えた。

「四人とも殺されたな」

「となればかなりの遣い手だぞ」

残地衆が個々に語った。

「その警固を大手門と考えればいい」

一人の残地衆が口にした。

「免崎《めんざき》、それはどういうことだ」

埜田が訊いた。

「城攻めと同じでござろう。ようは、本丸を落とせばいいだけ。ならば、陣を二つに分ければいい。一手が大手門を攻略している間に、残りで搦手門《からめてもん》を破ればいい。戦国の気風を継いできた我ら残地衆には、たやすきこと」

免崎が淡々と言った。

「二手で攻めるか。長谷川《はせがわ》、絵図」

月明かりのもと残地衆は伊丹屋の寮の周囲を確認した。

「裏は民家だの」

「気の毒だが、突き破らせてもらおうか」

「だな。よし、免崎、四人率いて表門を」

「承知」

「残りは、拙者とともに裏を」

「おう」

残地衆たちは、高輪《たかなわ》の大木戸前で二手に分かれた。

一橋治済《はるさだ》が来ていることは確認ずみであった。免崎たちは慎重に伊丹屋の寮へと近づいた。

「気をつけろ」

免崎が注意をうながした。

「ぎゃっ」

その免崎の喉《のど》に手裏剣が突き刺さった。

「なにっ」

残った四人は棒立ちになった。

いかに戦国の気風を綿々と受け継いできたとはいえ、命のやりとりの経験がなかった。先手をとられたならば、一度退いて態勢を立て直すか、そのまま数で押しきるか、どちらかをとらなければならないのに、誰もが呆然《ぼうぜん》としてしまった。

また、指揮をするべき免崎を最初に失ったのも痛かった。戸惑っている四人は、かっこうの獲物でしかなかった。

「待ち伏せされているとは思わなかったか」

寮の塀《へい》から飛び降りた冥府防人は、太刀を抜くなり突っこんだ。

「ひ、ひい」

「あああああ」

免崎の後ろについていた二人が、冥府防人の太刀を喰《く》らって血しぶきをあげた。

「わあああああ」

三人目は柄《つか》に手をかけたが、焦《あせ》って鯉口《こいぐち》を切り忘れ、抜けずに苦労しているところを、冥府防人が斬り伏せた。

「お、おのれ」

最後の一人はかろうじて太刀を鞘走《さやばし》らせたが、構えることはできなかった。

「戦国の亡霊が出るには遅すぎる」

田村一郎兵衛から一切を聞いた冥府防人は水戸をずっと見張り残地衆のことも知っていた。

「地獄へ帰れ」

冥府防人が下段に落ちていた太刀を、天に向けて振りあげた。

「え、いや、だ……」

斬り割られた下腹から、臓腑《ぞうふ》がこぼれ出た。最後の残地衆が白目を剝《む》いて絶息した。

とどめも刺さず、冥府防人は寮へと駆け戻った。

残地衆は、民家の塀を乗りこえて、寮の裏手へと回った。

「破れ」

伊丹屋の寮の裏手は高々とした塀とするどい忍返しに守られていた。

「おう」

二人が体当たりした。

響きは寮のなかまで届いた。

「なんだ、地鳴りか」

絹を相手に酒を飲んでいた治済が、顔をしかめた。

「裏手のようでございまする。見て参りましょう」

手にしていた瓶子《へいし》を置いて、絹が立ちあがった。

「兄はどうした」

治済が問うた。

「表に来客のようでございました。兄が戻りますまで、わたくしが」

ほほえんで絹が、出て行った。

「ふん。余を狙う気概のある奴が、まだいたか」

杯を干しながら、治済が笑った。

伊丹屋の寮の塀は頑丈《がんじょう》であった。残地衆二人の体当たりもものとはしなかった。

「ちっ。このままではまずい。表が持っている間にことを終わらせねば」

埜田が唇《くちびる》を噛《か》んだ。

「全員でかかれ」

「おやめくださいませんか。塀が傷めば、大工を呼ばねばならなくなりまする」

頭上から涼やかな声が止めた。

「なにっ」

見あげた埜田たちは、目を疑った。

鋭い忍返しの先端に一人の女が立っていた。

「馬鹿な」

呆然とつぶやいた仲間の残地衆の言葉で、埜田は我に返った。

「弓」

「おう」

背中に半弓を背負っていた残地衆が、矢をつがえた。

「女を射る気でございまするか」

冷たく言った絹が袖《そで》を振った。

「があ」

弓をつがえていた残地衆の目に針が刺さった。

「ぐえ、ぐえええ」

目を押さえていた残地衆が、血を吐いて地に這った。

「ど、毒か」

断末魔の痙攣《けいれん》をする仲間に、残地衆が息を呑んだ。

「兄が来るまでに、お帰りになられたほうが、よろしいかと。兄はわたくしほど甘くございませぬ。逃げるなら……遅かったようでございますね」

絹が首だけ振り返った。屋根の上に冥府防人の影があった。

「兄上、あとはお任せいたしまする。御前さまをお一人にいたしておりますゆえ」

そう言った絹へ、残地衆が緊張した。

「もうか」

「そんな。早すぎる。表にまわった五人は、遣い手ばかりぞ」

「ご苦労だったな」

口々に驚きを発する残地衆を尻目に、冥府防人は絹をねぎらった。

「……残りも五人か」

冥府防人が飛んだ。

「散れ」

埜田が叫んだ。

残地衆が埜田を中心に四方へと走った。

「楽しませてくれるのか」

庭へ降り立った冥府防人は太刀を抜いた。

「四方かかり」

太刀を青眼に構えた埜田が命じた。

「おう」

冥府防人を中心にして、四人が動いた。

一人が撃ち込んで退くなり次の一人がと、切れ目のない四人の残地衆による攻撃の始まりであった。

順は決まっておらず、右、後ろ、前、左と来たかと思うと、右、左、右、後ろ、というふうに変化した。

「…………」

そのすべてを冥府防人はかわし続けた。

「飽きた」

何度目かの攻撃をかわして冥府防人が告げた。

「いくら順番を変えたところで……」

冥府防人が、半歩足を踏み出し、太刀を突き出した。

「あぐああ」

右の残地衆が喉を貫かれて死んだ。

「こうなると一角が欠ける。陣形が崩れれば」

「くそっ」

背後から冥府防人を残地衆が襲った。

「あほう」

冥府防人は前に踏み出して、背中からの攻撃をかわし、前方にいた残地衆を袈裟に斬って落とした。

「踏み出しただけ戻る。拍子を読み取られれば、終わりぞ」

右足を軸に回転した冥府防人が、振り返ると一気に背後の残地衆へと迫った。

「くっ」

振りだした太刀を戻しきれていなかった残地衆は防ぐこともできず、冥府防人の太刀を胸で受けた。

「あと二人」

冥府防人が数えた。

「うわあああ」

血の匂いに狂ったか、左にいた残地衆がむやみに斬りかかった。

「……………」

恐怖で縮まった腕は伸びない。残地衆の太刀は冥府防人の三寸（約九センチメートル）手前を通りすぎた。

「届かなかったな」

ぐいと冥府防人は太刀を突き刺した。

心臓を貫かれて、声もなく残地衆が絶息した。

「おまえだけになった」

冥府防人が埜田へ正対した。

「化けものめ」

埜田が吐き捨てた。

「数で来る輩《やから》がおるゆえな、一人で戦うには化けものになるしかなかったのよ」

陰のある表情でつぶやきながら、冥府防人が近づいた。

「いずれ地獄で会うだろう。そのときはもう少し輿ののる趣向を頼むぞ」

冥府防人は太刀を振りあげた。

抵抗することなく、埜田は従容《しょうよう》と死についた。

「御前が伊丹屋の寮へお出《い》でになることを利用され始めたな。そろそろお出歩きをご辛抱願うべきかも知れぬ」

太刀を拭きながら、冥府防人はつぶやいた。

「かわいそうだが、絹も一橋の奥へ入ってもらわねばならぬ。唯一、御前のお力が届かぬ御三家水戸。守りに気を遣っていては、攻められぬ」

冥府防人は、天を仰いだ。

第五章　忍《しのび》の末

一

一橋治済《はるさだ》は伊丹屋の寮から館《やかた》へと引きあげた。
「余を護《まも》ってみせるのが、そなたの任であろう」
不満を言いたてる治済を納得させたのは、冥府防人だった。
「たとえ伊賀組《いがぐみ》が総出で襲い来ようとも御前をお護りするだけならば、してのけます
る。されど、そうなれば、わたくしめはここに張りついておらねばならず、白河を襲
うことはできませぬ」
「ふむ。さすがのおまえも身は一つしかないか。もっともである。では、白河の首が
飛ぶまで、余は館に籠《こ》もるとしよう」

治済は、絹を連れて一橋館へ籠もった。

御三卿《ごさんきょう》の当主に役目はないが、治済は別格であった。現将軍の父なのだ。幕府へ頼みごとをしたい諸大名や高禄《こうろく》の旗本たちにとって、治済をつうじればいろいろな手続きを飛ばし、将軍まで持ちこむことができた。

「ほう。国元で長雨か。それは難儀なことでござろう」

館の居室で、治済は松江《まつえ》松平十八万六千石藩主治郷《はるさと》の訪問を受けていた。松江松平は、家康の次男秀康を祖とする越前《えちぜん》松平の分家であった。親藩中の親藩として、幕府から遇されていたが、内証は苦しかった。江戸から遠い松江である、参勤交代の費用はかなり嵩《かさ》む。そこへ藩主治郷の茶道楽が拍車をかけた。千両、二千両する名器を毎年のように購入されては、十八万六千石といえどももたなかった。

「長雨で米のできが悪いだけならまだしも、地滑りが起こりまして。いくつかの村が流され、田畑が荒れ果ててましてござる。ただちに復興をと考えましたが、それだけの余裕はなく、万策尽きてお願いに参った次第でございまする」

治郷が頭をさげた。

「幕府にお助け金を出してもらいたいと」

「無償とは申しませぬ。お貸しいただくだけでけっこうなのでございまする」

必死に治郷が頼んだ。

「上様がなんと仰《おお》せになられるかは、わからぬが……余から口添えはいたしておきましょうぞ」

「よしなにお願い申しあげまする」

治郷が土産《みやげ》を置いて去った。

「お帰りなされました」

見送りにたっていた用人城島左内《きじまさない》が戻ってきた。

「中身はなんじゃ」

治済が開けよと命じた。

「……これは茶器でございまする。なにやら由緒深げな箱書きがついておりまする」

城島左内が中身を治済へ見せた。

「茶碗か。ふん。こんなもののどこがいいのだ。たかが苦い汁を飲むための器《うつわ》ではないか。蔵へ入れておけ」

興味ないと治済が手を振った。

「はっ。お屋形さま、次のお方がお待ちでございまする」

「まだか。面倒じゃ。だから館におるのは、嫌なのだ」

治済が文句を言った。

大名旗本が日参する。そのようすは登城する役人、大名からもうかがえた。

「館へもどったか」

水戸徳川藩主治保がほくそ笑んだ。

「野駆けに参る」

馬を出させた治保は、小梅村の抱え屋敷へ向かい、あらたに江戸へ出て来た残地衆《ざんちしゅう》組頭二宮武蔵《にのみやむさし》と会った。

「治済は、館におる」

「はっ」

二宮が平伏した。

「今度こそ大丈夫なのであろうな」

一度目の襲撃は十一人の残地衆を失うという惨敗であった。治保が念を押した。

「そのために十一人死なせましたのでございまする」

「策だったのか」

「はい」

はっきりと二宮が口にした。

「館の外にいる治済の警固《けいご》はたった一人ながら、強力。なれば、その警固の届かぬところへ治済を移せばすみまする。聞けば、その警固の者は、甲賀を裏切り放逐《ほうちく》されたとのこと。なれば甲賀者が詰める大手門近くの館へ近づくことはございますまい」

「なるほどの」

治保が納得した。

「館に人は多ございましょうが、戦いになれておる者などおりませぬ。なにより、幕府から付けられた旗本がほとんど。主君でない者のために命をかける武士などいようはずもありませぬ。我らの総力を挙げれば、援軍が駆けつけるまでに、治済を討つことなどたやすいことでございまする」

二宮が語った。

江戸城の諸門は明け六つ（午前六時ごろ）から暮れ六つ（午後六時ごろ）まで開かれた。本丸へ続く諸門以外は、誰が通行しようとかまわなかった。

小梅村の抱え屋敷を出た残地衆一行は、三人ほどの少人数に分れて、江戸城を目指した。地方の藩士たちが天下人の城を見物するために門を潜《くぐ》ることは、日常茶飯事である。門を護る書院番組《しょいんばんぐみ》同心、大番組《おおばんぐみ》同心も気にすることなく、通過を許した。

目立たないようにと、離れた門から入った者などが集合するまで、二宮は隣接する酒井雅楽頭《さかいうたのかみ》の上屋敷角から、一橋家を観察した。

「正門はあそこか」

身分の高い来客が多いためか、一橋家の正門は開かれていた。

「門番は二人、玄関まで警固はおらぬようだな」

懐《ふところ》から二宮が絵図を出した。大名屋敷の造りはどこも同じである。主の居場所を教えるため、治保は一門である高松藩上屋敷の絵図を二宮へ与えていた。

「ここらあたりか」

庭に面した屋敷の中央へ二宮が目処《めど》をつけた。

「組頭」

「どうだ」

近づいてきた組士へ、二宮が問うた。

「今、来客が一人帰りました。紋所から見て、島津かと」

「島津か。島津といえば、将軍家斉公の御台所《みだいどころ》さまが実家。そこの当主が訪ねてきたならば、治済の在はまちがいないな」

二宮が集まった組士たちを見た。

「飢え死にするか、野盗へ落ちぶれるか。どちらにせよ家名が滅ぶ寸前までいっていた我らの先祖を拾いあげてくださった頼房さまへのご恩返しは、今ぞ。そして、これからも我ら残地衆が家名を保てるかどうか、その瀬戸際でもある。命を惜しむな」

「…………」

配下の残地衆たちが、頭《こうべ》を垂れて聞いた。

「狙うは、治済の首ただ一つ。他の者には目もくれるな。いくぞ」

「おう」

合わせて二十人の残地衆が、気勢をあげて、一橋屋敷へ突っこんだ。

「な、なんだ」

六尺棒を持った門番足軽二人は、なにもできなかった。廓内にいて襲撃されるなど考えてもいない。呆然《ぼうぜん》と見送るしかなかった。

「屋敷を回りこめ。庭から叩《たた》く」

「承知」

二十人は一つの固まりとなって一橋館を駆けた。

「さわがしい。なにごとだ」

館のなかには、一橋家づきの旗本や御家人、新規召し抱えの家臣などがいた。何人か騒動に気づいた者もいたが、やはり対応できなかった。

一万八千坪の敷地にしては、人が少ないのも災いした。

「まさか、慮外者《りよがいもの》か」

見たこともない侍たちが抜き身を持って走っている。異常さに気づいた家臣の一人が立ち塞《ふさ》がった。

「一橋家と知ってのことか」

両手を拡げて残地衆を止めようとした家臣は、先頭に立つ二宮の一刀で屠《ほふ》られた。

「ぎゃあ」

家臣の絶叫が、他の家臣たちへの警告となった。

「狼藉者《ろうぜきもの》だああ」

ようやく家臣たちが動きだした。

「どうした」

用人城島左内と島津家がもちこんだ土産を値踏みしていた治済の耳にも、騒動は聞こえた。

「はて、騒がしゅうございますな。喧嘩《けんか》でもいたしておるのでございましょうか。ちと見て参りまする」

城島左内が立ちあがった。

「お屋形さま」

出ていった城島左内が走って帰ってきた。

「狼藉者にございまする」

「なにを申しておる。狼藉者だと。馬鹿な」

治済が驚愕《きょうがく》した。

「館まで襲い来るとは」

「すぐに、すぐに、ご避難を」

城島左内が治済の手を取って立たせようとした。

「館には、それほど人数がおりませぬ。大番所へ人を走らせましたが、間に合うかどうか」

「避難だと。どこへ行けと言うのだ」

焦《あせ》る城島左内へ、治済が訊《き》いた。

「城中でも、隣の酒井家《さかいけ》屋敷へでも」

「たわけっ」

治済が怒鳴《どな》った。

「逃げだした、敵に背を見せたと世間へ報せるつもりか。いずれ武家の統領となる身ぞ。卑怯《ひきょう》未練の汚名を余は着るわけにいかぬ」

「そのようなことを仰せられている場合ではございませぬ。生きておらねば、将軍になれますまい。敵は、すぐそこまで来ておりまする」

城島左内の言葉は当たっていた。

最初の衝撃のため出遅れた一橋家の家臣、お付きの旗本は、善戦していたが、勢いの違いはどうしようもなかった。

残地衆はついに庭へと侵入した。

「御座の間を護れ」

個々に迎撃していた家臣たちが、治済の居室前で固まった。

「愚か者どもが」

なかで治済が吐きすてた。

「あそこぞ。あの奥に治済がおるぞ。一同、もう少しだ」

二宮が配下を鼓舞した。

「こいつらでは、どうしようもないな」

あきれた治済が立ちあがった。

「お逃げなされまするか」

震えながら、城島左内が問うた。

「奥へ参る」

治済が、歩きだした。

一橋家は、将軍家お身内衆として、江戸城に模した館の構成を取っていた。表と奥は厳重に隔離され、間をつなぐのは一本の廊下だけであった。

ゆっくりと治済は廊下を渡った。

「…………」

声をかける前に、奥の扉が引き開けられた。

「お待ち申しあげておりました」

絹が深々と礼をしていた。

「うむ」

鷹揚《おうよう》に治済が首肯《しゆこう》した。

「どうぞ、お部屋さま方の局《つぼね》でおやすみくださいますよう」

奥にも騒動は聞こえていたのだろう、あちこちから怖々《こわごわ》と女たちが顔を出していた。

「任せたぞ」

去っていく治済を見送って、絹が扉の外へ出た。

「…………」

扉を閉めた絹が、廊下へ正座した。

御座の間前の攻防は、そう長く続かなかった。最初から生きて帰ることを考えていない、いわば死兵の残地衆を前に、戦《いくさ》を忘れた一橋の家臣たちでは太刀打ちできなかった。

「ぎゃああ」

出向してきた旗本の一人が、絶叫と共に倒れた。

護っていた壁の一角が崩れた。

「突っこめ」

穴を残地衆が拡げた。ついに二宮は御座の間へ入った。

「逃がすか」

開け放されていた襖《ふすま》が、治済の行方《ゆくえ》を物語っていた。

「五人残れ、ここから先へ人を来させるな」

二宮が命じた。

異常はすでに外へ知られている。援軍が到着するまで、わずかなときしかなかった。

「承知」

小頭《こがしら》が首肯した。

「ついてこい」

手を振って二宮が先頭で進んだ。二宮へ従う者は、六名しかおらず、九名がここにいた残地衆も数を減らしていた。

「奥へ逃げこんだか。女の裳裾《もすそ》を頼るとは、武士の風上にもおけぬわ」

二宮が独りごちた。

「この奥か」

襖が並ぶなか、そこだけ板戸であった奥へ渡る廊下の入口はすぐに見つかった。

板戸を蹴り開けた二宮は、廊下の奥で座る絹に驚いた。

「女……」

ゆっくりと絹が頭をさげた。

「お出《い》でなさいませ。黄泉平坂《よもつひらさか》へ」

絹が笑った。

「女、治済はどこだ」

「御前さまは、この扉の向こう。極楽浄土にお出でなされまする」

二宮の問いに、絹が答えた。

「ならば、通してもらうぞ」

太刀を構えて二宮たちが廊下を渡り始めた。

「この扉の向こうは奥、殿方で入ることができるのは、御前さまだけでございまする」

絹が首を振った。

「邪魔するな。死にたくなければ、黙っていろ」

二宮が、絹へ手を伸ばした。

「……ぎゃ」

血を噴いて二宮の右手が飛んだ。

「わたくしに触れてよいのはお一方《ひとかた》さまのみ」

座ったままで絹が袖《そで》を振った。

重い音をたてて、二宮の首が転がった。

「こいつ……」

一瞬愕然《がくぜん》とした残地衆だったが、すぐに我を取りもどし絹へ襲いかかった。しかし、廊下の幅は一間（約一・八メートル）しかなく、同時にかかることができなかった。

「…………」

絹は黙々と袖を振って舞った。

五人の残地衆は、絹へ傷一つ付けることなく全滅した。

「あとは、ご家中の方々にお願いいたしましょうか」

廊下の扉を開けて、絹は奥へ引っこんだ。

「来たぞ」

大番所から、大番組、書院番組が駆けつけてきた。手に槍や弓を持っている者もいた。

「射よ」

庭先から弓が放たれた。

「ぐっ」

残地衆の一人が胸を射ぬかれて死んだ。

「これまでか。組頭《くみがしら》どの、頼んだぞ」

すでに企《くわだ》てが潰《つい》えたとも知らず、残った四人が、突っこんだ。

二

一橋館が襲われた一件は、幕閣に衝撃を与えた。

「曲者《くせもの》どもの正体は判明いたしたのか」

烈火の如く、憤慨《ふんがい》した安藤対馬守《あんどうつしまのかみ》が口火をきった。

「武家ではあろうが、目付《めつけ》によるとなにも身元を証《あか》すものなど、もってはおらなかったそうでござる」

松平伊豆守信明《いずのかみのぶあきら》が答えた。

「役にたたぬ目付どもよ」

「落ちつかれよ」

太田備中《びっちゅう》守《のかみ》がなだめた。

「なにを悠長なことを言われるか。廓内で上様の父君が襲われたのでござるぞ。徹底して調べあげ、かかわった者どもを処断いたさねば、幕府の権威は地に落ちますぞ」

「それなのだが、表沙汰《おもてざた》にするが得策でござろうか」

興奮する安藤対馬守ではなく、太田備中守は他の老中たちへ問いかけた。

「ふむ。廓内での不祥事は、かえって幕威をおとしめると。難しいところでございまするなあ」

腕を組んで松平伊豆守が、思案した。

「しかし、それでは、襲撃してきた者を利するのではないか。幕府は表沙汰にしないと思われれば、同じことが起こりかねぬ」

戸田《とだ》采女正《うねめのしょう》氏教《うじのり》が、危惧《きぐ》を表明した。

「采女正どのの言われるとおりぞ」

安藤対馬守が我が意を得たりと勢いづいた。

それぞれに一理のある強硬論と慎重論は、なかなか決着が付かなかった。

「前例を調べさせましょうぞ」

松平伊豆守の発案で奥右筆《おくゆうひつ》組頭が御用部屋へ呼び出された。

「お呼びでございましょうか」

呼び出されたにもかかわらず、許しを得ないと入ることのできない御用部屋、その襖際《ふすまぎわ》で立花併右衛門は平伏した。

「ご苦労である。そなたに前例について問いたい」

口を開いたのは松平伊豆守であった。

「一橋卿が襲われた一件については、そなたも知っておろう。過去にこのような事例がなかったか」

老練な役人である併右衛門は、呼び出された時点で、松平伊豆守の質問を予想していた。しかし、こちらから言いださなかったのは、有能さを見せつけることで忌避《きひ》されたくなかったからであった。切れない鋏《はさみ》は使えないが、切れすぎる鋏は、持つ手を傷つけかねないと敬遠される。併右衛門は用件を聞くまで待った。

「畏《おそ》れながら申しあげまする。上様お身内方のお屋敷へ慮外者が乱入いたすような事例は、記録にございませぬ」

必要なことだけを併右衛門は答えた。

「そうか。立花、なにか類したものはないか」

嘆息した戸田采女正が訊いた。

「似て非なるものと仰せになられるやも知れませぬが……」

前置きして併右衛門は話した。

「九代家重さまの御代に大奥へ不審者が入りこんだ例がございました」

「大奥へだと……」

聞いた戸田采女正が絶句した。

大奥は将軍家以外男子禁制であった。出入り口も数ヵ所に限定され、厳重な警固で守られている。そこへ不審者が入ることなどあっていい話ではなかった。

「真《まこと》の話でございまする。どこから入ったのかは、明らかになりませなんだようでございますが、町人が一人大奥のお庭で発見されましてございまする」

「どうなったのだ」

太田備中守が先をせかせた。

「男はただちにお広敷《ひろしき》伊賀者によって捕らえられ、目付の取り調べを受けたのち、町奉行所へ送られましてございまする」

併右衛門は続けた。

「裁定は」

松平伊豆守がせかした。

「お広敷用人、お広敷伊賀者頭は解任、閉門、当日警固を命じられていたお広敷伊賀者は切腹。あと当番役でありました大番頭どのも解任、となりましてございまする」

「そうではない、侵入した男はどうあつかわれたのだ」

いらだちをあらわに太田備中守が問うた。

「男は乱心者として扱われましてございまする」

結論を併右衛門は告げた。

「乱心者か。その手があったの」

戸田采女正が納得した。

「もうよいぞ、立花。下がれ。ここから先は執政の場じゃ」

冷たく太田備中守が、併右衛門を追い払った。

「やれ、おかげで仕事が滞《とどこお》ったわ」

御用部屋を出た併右衛門は、嘆息した。

「いや、奥右筆部屋を出る口実ができたと考えるべきかの。では、越中守さまにお目通りを願おうか。衛悟をもっていかれては、まだ困るでの。玄蕃頭さまを江戸から遠ざけねばならぬでな」

併右衛門は、城中の廊下を奥右筆部屋とは逆の方向へと曲がった。

治済が襲撃された一件は、闇へ葬られることもなく、表沙汰にされた。

「乱心者、徒党を組んで一橋館に侵入、警固の者と争闘し、全員討ち取られた」

意図があっての騒動ではない、偶発したものとしたのである。

おかげで処罰は少なかった。侵入を許した一橋家門番足軽二名を放逐、乱心者の通過に気づかなかったとして一橋門担当の大番組組頭は改易、組士一同が閉門となっただけですんだ。

この処分に冥府防人が憤《いきどお》った。

「江戸城郭内の警固は、甲賀組《こうがぐみ》の任であろう。館の騒動にも出なかったという。それが、なんのお咎《とが》めもないとは、論外である」

甲賀組は大手門の警衛を担《にな》う与力である。その大手門から一橋館は目の前であった。

「白河は後回しだ。御前さまを見殺しにしようとした甲賀組に思い知らせてくれる」

冥府防人の目に狂気が浮かんだ。

甲賀組屋敷は新宿にあった。組内だけで一つの町を形成している甲賀組屋敷は、あきらかに他人を拒絶していた。

深夜、冥府防人はいつも大野軍兵衛と会う廃寺へ来ていた。

「…………」

漆黒《しっこく》の忍装束《しのびしょうぞく》に身を包んだ冥府防人は、組屋敷を見ながら、声を発した。

「報せに行ってやったらどうだ。拙者がここに来ていることに気づいていないようだぞ。見張りの任を果たせ」

なんの気配もしない組屋敷に、冥府防人はあきれていた。

「ちっ……」

寺の中央にある楠《くすのき》から、小さな舌打ちがして、黒いものが飛んでいった。

「堕《お》ちたものだ。忍は闇こそ友であろうに。甲賀は死んだな」

冥府防人が吐《は》き捨てた。

「なにっ。小弥太が来ているだと」

見張りの報告を聞いた斉藤兵衛は驚愕した。

「甲賀の本拠へ、一人で来たというのか」

「のように見受けられました」

見張りの忍が応えた。

「来たならば、仕留めるだけよ。大野軍兵衛のもとへ走れ。約定《やくじょう》どおり出てもらうと伝えよ」

「承知」

甲賀組屋敷が慌《あわ》ただしくなった。

その様子を冥府防人はじっとうかがっていた。

「気配が漏《も》れすぎだぞ」

冥府防人はあきれた。

「まさかと思うが、御前が襲われたのを知らなかったのではあるまいな」

その発生からしてもわかるように、忍の本質は敵の状況を明らかにすることである。戦《いくさ》があるところ、忍は必需であった。

だが、戦国が終われば、忍の出番はなくなった。

甲賀も伊賀も国をすてて、徳川家に飼われることで生き延びた。

「犬は飼い主を喜ばせるための芸を覚えはするが、狩りの技は失うか」

冥府防人が嘲笑《ちょうしょう》した。

気配が変わった。

「やっと準備ができたか」

庭の中央から、冥府防人は崩れそうな本堂へと場所を移した。

「小弥太」

さきほどまで冥府防人がいた場所へ、濃茶の忍装束を着けた大野軍兵衛が現れた。

「大野か」

「江戸を去れ。名を変え、過去を捨て、どこかで静かに生きよ。さすれば、甲賀組はおまえのことを忘れてやる」

大野軍兵衛が述べた。

「忘れてやるだと」

冥府防人が声をあげて笑った。

「笑わせてくれる。忍は仲間を殺されたことを決して忘れぬ。何年かかってでも探しだし、敵討《かたきう》ちをする。これが忍であったはずだ。それを忘れるだと。もっともありえないせりふだ。すなわち、偽《いつわ》り」

「うむ」

覆面の下で大野軍兵衛がうなった。

「仲間内で殺しあう愚《ぐ》をおかす。それはさけるべきではないか。敵討ちが成功しても、しなくとも身内が傷つくことにかわりは……」

あきらめず、大野軍兵衛が説得を続けた。

「……そろそろいいか」

無視して冥府防人が訊いた。

「手配りするときを稼ぐためであろう。寝言をわざわざ聞かせたのは」

「…………」

大野軍兵衛が黙った。

いきなり三方から手裏剣《しゆりけん》が冥府防人を襲った。

「ふっ」

冥府防人は本堂の縁側へ這《は》いつくばるほど低くなって、手裏剣をかわした。人数に囲まれたとき、飛ぶことは致命傷であった。どれほど体術の達人といえども、空中にあって体勢を変えることはできない。的になるだけであった。

追撃を放とうとしている第二陣があることを冥府防人は感じていた。

「手を緩めるな」

本堂の屋根から声がした。

「斉藤兵衛か、いつから甲賀衆へ命《めい》を下せる身分になった」

地を這《は》うような体勢で縁側を素早く移動しながら、冥府防人が揶揄《やゆ》した。

「黙れ。今は儂《わし》が組頭だ」

「ほう。甲賀組頭の職は、先祖が諸太夫であった望月、大野の持ち回りだったはずだが」

飛来する手裏剣を避けながら、冥府防人は訊いた。

「甲賀はもともと惣持《そうも》ちの国。ふさわしい者が組頭となってなんの不思議がある」

斉藤兵衛が相手をした。

「ふさわしい……笑わせてくれる。まあ、今の甲賀には、貴様ていどが似合いである
ことはたしかだ」

冥府防人は反撃に出た。手甲《てっこう》の根本にある紐《ひも》を引き抜き、手を振った。くくり止め
られていた手裏剣が、四方へと放たれた。

「ぎゃっ」

「くわっ」

漆黒の闇から悲鳴が湧《わ》いた。

冥府防人は手裏剣の飛んでくる方向を見定めるため、わざと姿をさらし、攻撃を受
け続けていたのだ。

「四人か。もう少し殺せるかと思ったがな。五本で四人ならば、まあよしとするか」

わざと冥府防人は戦果を誇ってみせた。

「おのれ」

「幕府が認めると思うのか」

歯がみする斉藤兵衛へ、冥府防人は問いかけた。

「甲賀組組頭は、幕府のお役だ。それを決めるのは、誰だ。御上であろうが」

「なにっ」

「…………」

斉藤兵衛が沈黙した。

「大野軍兵衛の罠《わな》に嵌《は》まったな」

ふたたび冥府防人は、手裏剣を放った。今度は三人の命が消えた。

「見ろ、もういないではないか」

冥府防人は、境内の中央を見ろと斉藤兵衛へ言った。

「……どこへ行った、大野」

斉藤兵衛が呼んだ。

「今ごろ組屋敷で、風呂にでも入っているだろうよ」

皮肉を言いながらも、冥府防人は止まっていなかった。

「残るは十五人か。甲賀組も堕ちたものよ。やると決めたならば組総出でかからねばならぬものを、与力ていどの身分を惜しむから、こうなる」

冥府防人は忍刀《しのびがたな》を抜いた。

縁側を蹴って冥府防人は、崩れかけた墓石の群れへと身体《からだ》を躍らせた。

無住となった廃寺の墓場は、手入れされなくなる。倒れた卒塔婆《そとば》、傾いた墓石が、障害となって飛び道具は意味をなさなくなった。

「そちらへいったか」

斉藤兵衛がほぞを嚙《か》んだ。

さきほどまで冥府防人へ手裏剣を浴びせていた一陣は、墓地とは反対側にいた。十人ずつを左右に分け、手裏剣組に注意を引かせておいて、墓場から弓で狙う。斉藤兵衛の考えた策は、始まる前に崩壊した。

「上から放て」

本堂の屋根に残しておいた予備の忍へ、斉藤兵衛が命じた。

「…………」

二人の甲賀忍が、屋根の縁まで身を乗り出して、矢をつがえた。

冥府防人は、墓石の間を縫うように走り、潜《ひそ》んでいた甲賀者を一人ずつ屠っていた。

「弓を捨てて、刀を持て」

屋根の上から斉藤兵衛が、墓地に潜んでいた甲賀者へ命じた。

「やれやれ、そんなことまで指示してやらねばならなくなったのか。本当に、甲賀者は小役人に落ちぶれたな」

冥府防人はあきれはてていた。

「こんな連中に禄《ろく》をやらねばならぬ御上に、同情するぞ」

「だ、黙れ」

憤慨した斉藤兵衛がわめいた。

「……………」

話し声で位置をつかんだのか、屋根の上にいた甲賀者が短弓を放った。しかし、とどまることのない冥府防人には、当たらなかった。矢はむなしく地に突き刺さった。

冥府防人は、倒れている卒塔婆を右手でつかむと、振り返りもせず投げた。

「ぐえええええ」

卒塔婆に喉《のど》を貫かれて、短弓を持った甲賀者が屋根から転げ落ちた。

「あと十人」

はっきりとした声で、冥府防人は数えた。

「包みこめ、全員で墓地を囲め」

斉藤兵衛が命じた。

「ようやく気づくとは、遅い。人を使いなれていない。やはり、おまえは組頭の器ではないわ」

あからさまに冥府防人が嘲笑《ちようしよう》した。

「逃さぬように囲め」

無視して斉藤兵衛が、指示を出した。

「二重に囲み、前陣は刀を、後陣は手裏剣を。手裏剣に毒を塗ることを忘れるな」

「甲賀結界陣《けつかいじん》か。古いものを持ち出してきたな」

冥府防人は嘆息した。

「これはもっと大勢で少数を殲滅《せんめつ》するときのもの。一人を相手にするには合わぬ」

「黙れ」

「では、黙ろうか」

冥府防人は気配を消した。

「どこへいった」

斉藤兵衛以下、甲賀者全員が冥府防人の姿を見失った。

「だから申したであろう、一人を相手にする陣形ではないとな」

「そこだ」

声のした方向へ、いっせいに手裏剣が投じられた。

「無駄だ」

まったく別のところから冥府防人の声が聞こえた。

「空蟬《うつせみ》か」

細い竹の節を抜いてつないだものを利用した術である。竹をつうじて声を出すことで、居場所を偽ることができた。

「ぐえっ」

いつでも手裏剣を投げられるようにと小腰を浮かせていた甲賀者の胸に手裏剣が刺さった。

「あと九人」

冥府防人の声だけが、墓地を支配していた。

「援軍を」

甲賀者の一人が斉藤兵衛へ進言した。

「そうだ。まだ組屋敷には、百八十人からの甲賀者がおる」

斉藤兵衛が気色を取り戻した。

「ふはははは」

冥府防人は、大声で笑った。

「援軍が来るなら、とっくに着いていなければなるまい。ここから組屋敷までどれだけかかるというのだ。気づかぬふりをし続けるのはやめろ。わかっているだろう、お前たちは捨てられたのだ、大野軍兵衛にな」

「…………」

なにも斉藤兵衛が言い返してこなかった。

「お前たちはもう組へ帰ることもできぬのだ。組頭大野軍兵衛に逆らったわけだからな。なれば、死ぬしかなかろう」

「そんな……」

甲賀者たちが、斉藤兵衛を見た。

「まだだ。小弥太をやれば、我らにも光はある。ご老中さまがきっと我らを拾ってくださる」

斉藤兵衛が必死な口調で言った。

「それも甘い」

冥府防人は、墓石を足場に飛んだ。上から手裏剣を投げた。

待ち伏せていればこそ、空中の敵を叩けるのだ。一瞬とはいえ、気をそらした甲賀者は、冥府防人へ対応できなかった。

「ぎゃっ」

「ぐええ」

両手から放たれた八本の手裏剣で四名の甲賀者が倒れた。

「数えるのも面倒だ」

前陣と後陣の間に冥府防人は降りた。

「なっ」

「ちっ」

外れれば同士討ちになってしまう。味方の間に入りこんだ冥府防人へ後陣は手裏剣を投げられなかった。

「肚《はら》が据《す》わっていない」

冥府防人は忍刀を振るい、手裏剣を投げた。ためらいも見せず冥府防人は、かつての同僚を殺していった。

甲賀者が骸《むくろ》の集まりとなるのにときはかからなかった。

「残るは、斉藤兵衛、おまえだけだ」

血まみれの忍刀を冥府防人は、斉藤兵衛へ向けた。

「ば、ばけもの……」

二十二人の甲賀者をたった一人で全滅させた冥府防人のすさまじさに、斉藤兵衛が震えていた。

「たわけ。これこそ甲賀忍者の本当の姿よ。大手門の門番という閑職に甘んじた今の甲賀者など、ものの数ではないわ」

「覚えて……」

逃げだそうと背を向けた斉藤兵衛の背中に冥府防人は忍刀を投げつけた。

「あああああ」

背中から胸まで貫かれ斉藤兵衛が死んだ。

冥府防人が斉藤兵衛の忍刀を取りあげた。

「刀はもらっておくぞ」

十人以上を斬った刀は、刃こぼれがし、刃筋もゆがんでいる。とても使いものにはならなかった。

「残るは……大野軍兵衛」

血のにおいが籠もる寺を出ようとして、冥府防人は門前に立っている影に気づいた。

「……父か」

影は冥府防人と絹の父、望月信兵衛であった。

「組屋敷へ入ることは許さぬ」

冷たい声で信兵衛が言った。

「…………」

冥府防人は、無言で進もうとした。その足下へ信兵衛がなにかを放り投げた。濡れた音をたてて地面を転がったものへ月明かりがあたった。

「軍兵衛……」

大野軍兵衛の首であった。

「これ以上組の者を失うわけには、いかぬ」

信兵衛が述べた。

「甲賀は、滅びを迎えるわけにはいかぬ。雀《すずめ》の涙ほどとはいえ、先祖が血であがなった禄を捨てることはできぬ」

「…………」

「望月小弥太という者は、甲賀の歴史にはいない。いない者を甲賀は討つ必要もない」

感情のこもらない声で、信兵衛が告げた。

「御前さまへ刃向かった始末はどうする気だ」

「甲賀にとってたいせつなのは、同郷の者のみ。仕えている間、直接の主君を裏切らぬだけ。他の者へ刃《やいば》を向けるは、咎めならず」

信兵衛が淡々と言った。

「黴《かび》の生えた約定にいつまですがっている気だ」

冥府防人は父親を睨《にら》みつけた。

「神君家康さまがお認めになったのだ。老中はおろか、今の上様でもどうすることもできまい」

「証拠もないのにか」

口の端を冥府防人はゆがめた。

「事実が雄弁に語っておろう。関ヶ原の故実がな」

息子の嘲笑にも信兵衛は揺らがなかった。

「伏見城《ふしみじょう》の籠城《ろうじょう》。天下分け目の号砲を鳴らした伏見城の戦い。あれが徳川の天下を作る礎《いしずえ》であったことはまちがいないが、甲賀のやったことは、褒《ほ》められていいものではなかろう」

「だが、徳川家は甲賀を滅ぼさず、伊賀より格上の与力として遇している。これがなによりの証拠だ」

信兵衛が抗弁した。

豊臣秀吉が死んだあと、天下人として名のりをあげたのは秀吉の遺児秀頼《ひでより》と徳川家康であった。徳川家康は、天下をわがものとすべく策謀を始め、ついに五大老の一人上杉景勝《うえすぎかげかつ》へ謀反《むほん》の疑いを押しつけることに成功した。

慶長《けいちょう》五年（一六〇〇）六月、天下の兵を伴って上杉討伐のため東下した家康の留守を狙って、石田三成《いしだみつなり》他豊臣恩顧の大名が決起した。

毛利輝元《もうりてるもと》を総大将とした西軍は、七月十九日、家康から留守を命じられた鳥居元忠《とりいもとただ》が籠もる伏見城へと襲いかかった。

秀吉が隠居の場として作った伏見城の堅固さと籠城している鳥居元忠以下千八百の兵の強さは、数万の攻撃を支え続けた。なかでも縦横無尽に戦場を駆けては、攻撃軍を翻弄《ほんろう》する甲賀者の働きは大きかった。

十日をこえて落城しない伏見城に業を煮やした西軍は、籠城している兵のなかで家康譜代でない甲賀者へ働きかけた。

西軍は籠城している甲賀者の家族を捜し出すと、伏見城から見えるところへ晒《さら》した。

「内応せねば殺す」

槍を妻や子、親の喉元へつきつけての脅《おど》しは、死を覚悟していた甲賀者の心を折った。

甲賀者の裏切りのおかげで、八月一日伏見城は落城、鳥居元忠以下徳川の兵は全滅した。

徳川家にしてみれば、甲賀者は憎みても余りある裏切り者である。しかし、家康が天下を取ったとき、甲賀は、本能寺の変直後の伊賀越えで家康を危難から救った伊賀より格上の与力として召し抱えられた。

「幕府は甲賀の力を捨てられない」

これが甲賀を増長させるもととなっていた。

「お墨付きでさえ反古《ほご》にされたのだ。口約束もしていない過去の話など、幕府が相手にすると思っているなら、愚かぞ」

冥府防人は、きびしく指弾した。

「きさまごときが与《あずか》り知らぬことじゃ」

信兵衛が相手にしなかった。

「ふん。まあ、過去の夢など勝手に追っているがいい。だが、今回の始末はどうする。御前は上様の父君ぞ」

「甲賀が知らぬとでも思ったか。おまえが田沼に操られる前から、御前、いや一橋治済さまが望みなど知っておるわ。上様のお命を狙っているのは誰だ。いかに父親とはいえ、将軍位簒奪《さんだつ》を狙う者が、保護の対象となるものか」

信兵衛が語った。

「ほう。ならば、息子が主殺しの汚名を着るとわかっていて、見すごしたと言うか」

あからさまな殺気をぶつけながら冥府防人が訊いた。

「これも甲賀の保身よ。もし一橋卿が将軍となられたならば、甲賀はその功績第一をもって旗本となれよう。失敗したならば……」

「息子を切り捨てればすむ」

冥府防人が信兵衛に代わって口にした。

「そして甲賀は、今日も変わらずある」

信兵衛が宣した。

「おろかな。身のほどを知らなすぎる」

あきれた冥府防人は、肩の力を抜いた。

「やる気がうせた」

冥府防人は背を向けた。

「絹にな」

後ろから信兵衛が声をかけた。妹の名前が出たことで、冥府防人は足を止めた。

「子を産めと。一橋卿との間に子ができれば、甲賀はもとより望月家は、出世を約されたも同然」

「……………」

冥府防人は、応えず闇へと潜《もぐ》った。

三

松平定信は、上屋敷でお庭番《にわばん》村垣源内と会っていた。

「一橋卿が襲われたか」

「上様から、警固無用と仰せつかっておりましたので、このような失態をさらすことになり、申しわけもございませぬ」

「いや。上様のご諚《じょう》ならば、いたしかたない」

村垣源内を、松平定信がなぐさめた。

「で、襲った奴らが誰かわかったのか」

「いまだ知れておりませぬ」

松平定信の問いに村垣源内が首を振った。

「あのお方は、恨《うら》まれてござるからの。儂でさえ、この手で殺してやろうかと思ったほどじゃ」

「おそれおおいことを」

村垣源内が首を振った。

「田安の者が、一度一橋さまへ向かったこともございました」

「そうか。田安の者が」

聞いた松平定信が感慨深げにつぶやいた。

「あの冥府防人と申す甲賀崩れによって、皆、命を奪われましてございまする」

「…………」

傷《いた》ましげに松平定信が、顔をゆがめた。

「今更《いまさら》、儂の血を田安へ戻すことなど、なんの意味もないというに」

「夢なのでございましょう。田安さまは一橋さまによって乗っ取られました。今はまだ田安斉匡さまがお小さいゆえ、大勢に変化もありませぬ。しかし、いつかは斉匡さまが思うままに力を振るわれることとなりましょう。古くから田安へ仕えている者を除いて、お気に召す者を召し抱えられることは必須。となれば、古き者は禄を失うことになりまする。生きていく糧《かて》を奪われる。その怖れは、重いかと」

重い声で村垣源内が述べた。

「生きていくに、皆必死なのだな」

「………」

無言で村垣源内が頭をさげた。

「だが、どういう理由であろうとも、上様の父君へ刃を向けるなど論外である。死亡した者の家督相続は許されまい」

「はっ」

「ただ吾《われ》にも責はある。一橋の無理に抗しきれなかった」

大きく松平定信が嘆息した。

「嫡男である者で望むなら、白河で迎えよう」

「お見事なご采配《さいはい》でございまする」

村垣源内が感嘆した。

「だが、一橋卿のこと捨てておくわけにもいかぬ」

松平定信が断じた。

「上様には、申しわけないが、一橋卿をひそかに警固してくれ。あと、狙い来る愚か者あれば、かならずその正体をつきとめてくれるように」

苦い顔で松平定信が命じた。

「お庭番の手が足りぬならば、儂についてくれている者を外してよい」

「それは……」

「これ以上、上様をお苦しみ申しあげることはできぬ。多々あるとはいえ、一橋卿は、上様じつの父君なのだ。お身内のことは、やはりお気になられよう。政《まつりごと》を上様から取りあげたならば、せめて平穏な日々をお過ごしいただくようにするのが、臣下の務めである」

松平定信が覚悟を見せた。

「承知いたしましてございまする」

村垣源内が首肯した。

残地衆全滅は、徳川治保を震えあがらせた。

「二十人の残地衆が、全滅……戦国の気風を残し、百年鍛錬を重ねてきたのが残地衆ではなかったのか」

残地衆一人は藩士五人に匹敵する。そう治保は聞かされ、信じきっていた。その残地衆が、目的を果たすどころか、治済に傷一つ付けることなく滅んだ。

「なんということをしでかしてくださった」

ことは乱心者による騒乱として片づけられたが、公表されている。少し事情を知る者ならば、詳細に気づくことは容易であった。

付け家老中山備前守《びぜんのかみ》信敬が、兄を糾弾《きゆうだん》した。

人払いされた御座の間で主君と付け家老と立場を異《こと》にした兄弟が対峙《たいじ》していた。

「残地衆を動かすなど、水戸の仕業《しわざ》と申しておるようなものでございますぞ」

「……だ、だいじない。残地衆のことを知る者は、我が藩でも少ない」

「藩士どもは大丈夫でございましょう。藩が潰《つぶ》れては、己《おのれ》の明日も失うことになりますからな」

「ならば、どうということはないではないか」

「佐竹がございますぞ。残地衆はもと佐竹の家臣、いまでも一族が秋田におる者もおりましょう。つきあいのある親族が一気に亡くなったとなれば、そこからたぐられるやも知れませぬ。佐竹にとって水戸は、いわば領地を奪った仇《かたき》でございますぞ」

「うむ」

治保がうなった。

「佐竹のことはまあよろしゅうございまする。表向き残地衆は乱心者として、無縁となりましたゆえ、多少騒ぎたてられたところで、なんとか言い逃れもできましょう」

「ならば、よいではないか」

ほっと治保が息を吐いた。

「参議中将《さんぎちゅうじょう》さま」

信敬が、兄を官名で呼んだ。

「死した残地衆の後始末はいかにされるおつもりか」

「決まっておろう。役目を果たせず、無残な屍《しかばね》をさらしただけならばまだしも、藩に危機までもたらしたのだ。取り潰しじゃ」

治保が断じた。

「なにを仰せられるか。それこそ己の首を己で絞めることでございまするぞ」

「おかしいか」

「お情けなきかな。よろしゅうございまするか。残地衆どもがおこなったことは、主君である参議中将さまの命なればこそでござる。功なきとはいえ、罪もござらぬ。そ

ん な残地衆どもを罰せられては、残った者の反発はいかばかりか。それこそ、死した残地衆の遺族が、目付に駆けこむやも知れませぬぞ」

「ならば、その者どもも誅《ちゅう》してしまえばいい」

「なんということを……。それこそ残った残地衆が叛乱《はんらん》を起こしますぞ」

あきれた口調で信敬が忠告した。

「すべての残地衆を……」

言いかけた治保を信敬がさえぎった。

「その先は仰せられてはなりませぬ。主君として決して口にされてはならぬことでございまするぞ。罪なき者を討つ。残地衆だけでなく、すべての家臣に叛《そむ》かれまする」

「すべて……そなたもか」

「もちろんでございまする。もとより付け家老は水戸の家臣ではございませぬが、たとえそうであったとしても、参議中将さまにしたがうことはございませぬ」

きびしく信敬が断じた。

「ううむ」

「わたくしになにかなさりたければ、どうぞ。その代わり水戸は潰れまするぞ。付け家老とは、御三家の盾《たて》であるとともに、徳川本家から分家へ向けられた矛《ほこ》でもござる。付け家老の動向は、幕府の注視するところでござる。とくにお墨付きの一件で、付け家老への目がきびしくなっておる今、異変を隠すことはできませぬ。もっとも、三十五万石と相対《あい》するならば、二万三千石など惜しくもございませぬわ」

堂々と信敬が胸を張った。

「…………」

治保が黙った。

「兄上」

口調を変えて信敬が呼びかけた。

「将軍にならずともよろしいではございませぬか。江戸城の奥、どこかへ行きたくとも、思うがままに出かけることなどできない毎日。なにかをしたくとも、老中たちの許しを得なければ、なにもかなわぬ。失礼ながら人形と申しあげてよいお立場に、兄上はなられたいのでございまするか」

「虐《しいた》げられた水戸の恨みを晴らしたいだけじゃ」

わめくように治保が言い返した。

「それほど水戸は虐げられておりまするか。三十五万石という大領を与えられ、さらに参勤交代を免除されておりまする。たしかに領土としては尾張紀伊《おわりきい》の半分でございましょう。しかし、参勤の費用を考えれば、水戸のほうが裕福ではございませぬか」

「官位が低いではないか」

説得する信敬へ、治保が言いつのった。

「そんなものがどれほどでございましょう。朝廷へ昇殿することなどないではございませぬか」

朝廷と結びつくことで大名が叛乱を起こしては困ると、幕府は諸大名の昇殿を暗に規制していた。

「殿中では、御三家にかなう家柄はございませぬ。たとえ官位が変わったところで、大廊下の席次はそのままでございましょう。どこに意味がございまする」

信敬は、治保の言いぶんを一つ一つ潰していった。

「……なれど」

まだ治保が文句を続けようとした。

「兄上よ」

不意に信敬が声を低くした。

「なれば、わたくしが水戸の藩主となることを願ってもよいのでございますな。わたくしにも兄上と同じ血が流れておりまするゆえ」

「な、なにを」

雰囲気の変わった信敬に、治保が震えた。

「生まれたのが後であった。それだけの理由で、わたくしは家を継ぐどころか、付け家老のもとへ養子に出されましてござる。領地は兄上の一割にも満たず、官位は三段階も低い。この恨みを晴らさせていただきたい」

「ま、待て」

膝《ひざ》を進めた信敬に、治保があわてた。

「わ、わかった」

両手を前に出して、治保が信敬を止めた。

「よろしゅうございました」

すっと信敬が表情を柔らかくした。

「近習《きんじゅ》の者ども」

「はっ」

呼んだ信敬の声に、離れていた近習たちが駆け戻ってきた。

「あとを頼んだぞ」

信敬が御座の間から去っていった。

「……図にのりおって」

弟の姿が消えたのを確認した治保が吐きすてた。

「…………」

近習たちが治保を見た。

「な、なんじゃ」

治保が、近習たちから向けられる目の冷たさに驚いた。

「…………」

なにも応えず、近習たちはただ治保へ瞳を向けていた。

「知っておるのか……」

小さな声を治保が漏らした。治保のしたことは、一つまちがえれば水戸藩を潰しかねないまねであった。近習たちから主君への畏敬が消えたとしても、治保にはなにも言うことができなかった。

四

城内の騒動があったにもかかわらず、衛悟は御堂敦之助に呼びだされた。

「よろしいのでございまするか」

御堂敦之助のまねきに応じて、見知らぬ道場を訪れた衛悟は訊いた。

「新番組は上様の警固。余人のために働くことはない」

誇らしげに御堂敦之助が胸を張った。

「はあ……」

立会人として同席している佐藤記右衛門と、衛悟は顔を見あわせた。

「娘にも見学を許したが、よろしいな」

御堂敦之助が、通告した。

「どうぞ」

拒否することもないと、衛悟はうなずいた。

女を道場へ入れぬ決まりでもあるのか、和衣は道場の扉外、玄関式台に近い縁側で控えていた。

「ほう……」

和衣へ目をやって、衛悟は感嘆の声をあげた。見合いの席では気がつかなかったが、和衣は衆に優れた容貌であった。

「始めるぞ」

衛悟の目先に気づいた御堂敦之助が、不機嫌な口調で宣した。

「その前に、試合の約定《やくじょう》を決めておきませぬと」

佐藤が割って入った。

「約定……そのようなものが必要か。剣の試合は勝つだけであろう」

御堂敦之助が竹刀を振って見せた。

「たしかにそうでございまするが、まず勝負を何本とするかを決めていただかなければなりませぬ。際限なしとは参りませぬ」

「それもそうだの。では、三本としようか」

うなずいて御堂敦之助が指を立てた。

「けっこうでござる」

衛悟は了承した。

「審判は……」

さらに佐藤が続けた。

「儂がやろう」

上座にいた初老の男が声をあげた。

「この道場の主、高倉源蔵《たかくらげんぞう》じゃ」

「師範、よしなに」

すばやく御堂敦之助が了承した。

「柊どの……」

不安そうな顔で佐藤が訊いてきた。

勝負する相手の道場は、いわば敵地であった。そこで試合するなど論外、ましてや道場主を審判と認めるなど、負けていいといっているにひとしかった。

「そうでなければ、納得されますまい」

竹刀を示威とばかりに振っている御堂敦之助へ衛悟はちらと目をやった。

「まあ、それでも納得はされないでしょうが」

衛悟は先が読めていた。

「側役《そばやく》さまの用人どのがおられるのでござる。無茶なまねはできませぬ。ご安心なされて」

「さようでございまするか」

佐藤もようやく引いた。

「では、よろしいか」

道場の中央に高倉が立った。

「勝負三本。突きと股間を狙うことは禁じ手とする」

高倉が説明した。

「双方、礼」

竹刀を左手にさげて、衛悟は一礼した。それを見てから御堂敦之助が、首をわずかに上下させた。

「構え、始め」

合図を受けて、衛悟は青眼に構えた。

青眼は守りの形である。わずかに刀身を傾けるだけで、左右上下の攻撃に対応でき、実力のわからない敵の様子を見るのにも適していた。

「おうりゃあ」

御堂敦之助が、小刻みに身体を揺らした。

構えを続けていると、筋が固まって出が遅くなる。直心影流《じきしんかげりゅう》では、それを避けるため、止まらずに動き続けるのだ。

比して一撃必殺を旨《むね》とする涼天覚清流《りょうてんかくしんりゅう》は、技を発するまでほとんど動くことはない。衛悟は、軽く腰を落として、御堂敦之助の切っ先を注視した。

「えい、やあ」

「…………」

小さなかけ声を何度も御堂敦之助が出している。しかし、衛悟は、応じなかった。

「やあああ」

ひときわ甲高《かんだか》い気合いとともに、御堂敦之助が上段から撃ちおろしてきた。衛悟は半歩下がって、避けた。

「えい、やあ」

引いた衛悟につけこむよう、御堂敦之助が竹刀を送った。

真剣と違い、竹刀には重さによる伸びがない。衛悟は余裕をもってかわした。

「ふむ」

高倉が、衛悟の動きに目を見張った。

「逃げてばかりか。免許皆伝は偽りであろ」

御堂敦之助が迫りながら、衛悟を罵《のの》った。

「…………」

衛悟はあきれていた。己の一撃が当たらないわけを読み取れていない御堂敦之助こそ、免許にほど遠い腕だとわかった。

「……柊どの」

剣術の心得のない者からすれば、衛悟の余裕は、御堂敦之助に追いこまれているとしか見えなかった。佐藤が、心配そうな顔をした。

「それしかないか」

衛悟は独りごちた。

昨日、他流試合の許しをもらいに大久保典膳のもとを訪れた衛悟は、師から助言を与えられていた。

「勝つな。一本勝負ならしかたないが、三本ならば二本は相手に譲れ。こうすれば、相手の面目は立つ。残り一本でおまえの実力を見せてやればいい。ああ、念のために言っておくが、面倒だからと三本負けるなよ。それはおまえを推挙してくださった永井玄蕃頭《げんばのかみ》さまの目を節穴《ふしあな》とする行為だからな」

大久保典膳が助言した。

「それならば、三本勝負に勝たねばならぬのではございませぬか」

永井玄蕃頭の名誉がかかっているとなれば、負けることは許されない。衛悟は、大久保典膳に問い返した。

「よいのじゃ。最後の一本、ここにおまえの力を見せればな。目をもつ剣士ならば、それでわかる。おまえが負けたと吹聴《ふいちょう》するようなみっともないまねは、一流を預かる道場主ともなればできぬよ」

大久保典膳が告げた。

「それが世間というものだ。まあ、衛悟にはまだわからぬだろうがな。今回は負けてやれ」

「はあ」

「衛悟、おぬしはその御仁を義父《ちち》と呼びたいのか。なれば勝て」

「…………」

迷いを大久保典膳に見抜かれた衛悟はなにも言い返せなかった。

「相手方は、衛悟を婿《むこ》にしたくないのよ。側役さまからのお話に試合など持ちだす。これは断る口実を探している証拠。衛悟が試合で負ければ、番方《ばんかた》筋にこのていどの腕ではと口実ができよう」

「なるほど」

「このとき、側役さまの顔を潰すのは、衛悟になる。剣の腕が立つということで推してやったのに、試合で負けたとは情けない。とてもこれでは、名誉ある番方の婿はつとまらぬ。あらためて家格にふさわしい家柄をさがすとするか。こうなると相手方は考えているのだろう」

「しかし、側役さまは、わたくしの腕をご存じでございますぞ」

「無駄でしかないのだがな。向こうは、そう思いこんでいるだろう」

「はあ」

「なにより、勝っても、まだまだ難癖《なんくせ》を付けられるのはまちがいないぞ」

「それは、さすがに嫌でございまする」

大久保典膳の言葉に、衛悟は苦い顔をした。これ以上の面倒は、勘弁して欲しかった。

「ならば、負けてやれ。軽いのを二本受けて、最後の一本でおまえの力を思いしるだけのものを入れてやれ」

「よろしいのでございまするか。涼天覚清流大久保道場の名に傷がつきまする」

どういう形にせよ直心影流に涼天覚清流は負けたことになる。江戸の剣術界に噂が拡がることは確実であった。

「傷つくような名前があるものか。これほど暇な道場もなかろう」

笑いながら大久保典膳が言った。

「心配するな、いくら弟子がかわいい道場主でも、力の差をごまかすことはできぬ。それをしたとたん、剣術遣《づか》いから、剣術屋に落ちるからな。噂《うわさ》が広まることなどさせぬさ」

心配する必要はないと大久保典膳は、衛悟をはげましてくれた。

「籠手《こて》をくらっておくか」

意識を試合に戻した衛悟は、師の教えにしたがった。

「おうりゃあ」

間合いの外から撃ってきた御堂敦之助の切っ先へ、撃ち返す振りをして籠手を差しだした。小さな音が衛悟の右手首でした。

「一本。御堂」

高倉が手をあげた。

「ふむ。少し浅かったな」

手応えのなさに不満を言いながら、御堂敦之助が満足そうに笑った。

「二本目、始め」

ふたたび道場の中央に戻った二人は、青眼で対峙《たいじ》した。

「おりゃ、おりゃ」

細かく御堂敦之助が竹刀を出してきた。

「……………」

衛悟は竹刀を下段に変えた。わずかに左足を前に出し、半身になる。竹刀をひねって左手首に隙をつくった。

さすがに見逃さず、御堂敦之助が撃った。当たる瞬間、衛悟は手首を戻した。当たりはやはり軽かった。師大久保典膳、師範代上田聖の一撃ならば、腕は半日使いものにならなくなる。

「しびれもせぬ」

衛悟は口のなかでつぶやいた。

「一本、御堂」

審判の高倉が手をあげた。

「みょうな構えだの。奇は正に勝てぬ」

御堂敦之助が衛悟を諭《さと》した。

「さて、勝負はあったな」

「…………」

竹刀を下げて御堂敦之助が宣した。

衛悟は無言で頭をさげた。

「いや、待て」

高倉が口をはさんだ。

「せっかくの三本勝負である。勝敗は決しておるが、なかなか他流の太刀筋を見る機会はない。約束どおりもう一本やってくれ」

じっと高倉が衛悟を見つめた。

「拙者はよろしゅうござるが、これ以上恥をかかれることはないと思案するが」

ちらと御堂敦之助が衛悟を見た。

「わたくしはかまいませぬ」

言いながら衛悟は露骨すぎたかと後悔していた。さすがに二本目は、あからさますぎた。高倉の目に疑念が浮かんでいた。

「では、最後の一本だ」

みたび高倉が試合開始を告げた。

「おうやあ」

御堂敦之助が竹刀を振りあげた。

「…………」

応じて衛悟は竹刀を中天へと差しあげた。

「あれは……」

見たことのない構えに高倉が、目を見張った。衛悟からすさまじい剣気が溢《あふ》れ出していた。

「えい、おう」

動いていた御堂敦之助の歩幅が、圧せられて小さくなっていた。

対峙は長く続かなかった。耐えきれなくなった御堂敦之助が踏みきった。

「ええええい」

長い尾を伸ばした気合いで突っこんできた御堂敦之助が、固まった。

衛悟の竹刀が、御堂敦之助の額《ひたい》に当たっていた。撃ったわけではなく、ただ触れていた。衛悟は必殺の一閃《いっせん》を止めて見せた。

「ひっ」

御堂敦之助が腰から落ちた。

「一本、それまで」

高倉が手をあげた。

「見えなかった……」

佐藤がつぶやいた。

「では、これにて失礼いたしましょう。佐藤どの、参りましょう」

一礼して衛悟は、佐藤を誘って道場を出た。

御堂敦之助も高倉も引き止めることができなかった。

「師範……」

ようやく御堂敦之助が声を出した。

「試合には勝った。それでよかろう」

高倉が、御堂敦之助の言葉を封じた。


衛悟と別れてもどった佐藤は、屋敷が騒然としていることに驚いた。

「なにがござった」

「殿が大坂城代添番《そえばん》になられたのでございまする」

訊かれた藩士が答えた。

「まことか。それはめでたい」

佐藤が喜色をあらわにした。

大坂城代添番は臨時の役目である。一万石ていどの譜代大名が任じられ、大坂城追手門の警衛と、城代不在のおりの代理を務めた。いずれ大坂城代になることが約束された役職であり、執政への道の一里塚でもあった。

「おおっ。佐藤か。急なことだが、来月早々に大坂へ赴任いたさねばならぬ。そなたは急ぎ大坂へ向かい、宿舎などの手配をいたせ。儂は、挨拶《あいさつ》回りに出て参る」

戻ってきた寵臣《ちょうしん》へ永井玄蕃頭が、命じた。

「おめでとうございまする。ただちに出立《しゅったつ》を」

佐藤は衛悟のことを報告する機会を失った。


冥府防人から一橋治済はいっさいの報告を受けた。

「水戸の馬鹿か」

治済が鼻先で笑った。

「御三家などと偉ぶっておるが、そのじつは大名ですらない半端者。思いあがったまねをするにもほどがある」

「いかがいたしましょうや」

殺しましょうかと冥府防人が訊いた。

「放っておけ。水戸などあとまわしでよい。貸しとしておくのもよいからの。いずれ、高い利息を付けて返してもらう」

楽しそうに治済が言った。

「太田備中守どのについては……」

水戸の依頼に乗じた太田備中守が、冥府防人を除くために甲賀組を動かしたことを聞いた治済はあきれていた。

「ふむ。やはり執政の器としては底が浅いの」

治済が吐きすてた。

「しかし、まだ使い道はある。備中ではなく、老中という肩書きにな」

「では、このままで」

「うむ。田村と申した小者は、そのままにいたしておるのであろう」

「はい」

冥府防人は田村一郎兵衛を、十分脅しあげたが、生かしていた。

「ならば、備中めの動きも早くに知れよう。獅子身中《しししんちゅう》の虫の痛みを、教えてやるのも、主たる者の役目じゃ」

冷酷な表情で治済が述べた。

「それより白河の始末はどうなっておるのだ」

「申しわけございませぬ。白河にはお庭番が張りついており、なかなかに隙を見つけることが難しく、今少しときを頂戴《ちょうだい》いたしとうございまする」

冥府防人が詫《わ》びた。

「きさまでもできぬか」

「できぬわけではございませぬ。命をかければ……」

治済の問いに、冥府防人は答えた。

「まだ、そなたに死なれては困る」

「畏れ入りまする」

冥府防人が平伏した。

「お庭番さえどうにかできれば、やれるのだな」

「はい。お庭番を一人はずしていただければ」

確認した治済へ、冥府防人がうなずいた。

「それくらいならば、儂が家斉に命じてどうにかしてやる」

「お手数をおかけいたしまする」

ふたたび冥府防人が額を畳《たたみ》に押しつけた。

「なかなか思いどおりにことは進んでくれぬな」

治済がつぶやいた。

永井玄蕃守が、江戸を発《た》った翌日、併右衛門は松平定信に呼び出された。

「なにか御用でございましょうか」

溜 間近くの入り側で、併右衛門は松平定信と会った。

「あれでよかったのであろう」

「かたじけのうございました」

要望に応えて、永井玄蕃頭を異動させてくれた松平定信へ、併右衛門は頭を下げた。

「書付の一件を知る者を上様のお側から遠ざける必要もあった。あのまま、永井玄蕃頭が側役でおれば、上様はいつまでも書付の一件をお忘れになることはできなかったであろう。礼を言うのは、儂のほうかも知れぬ」

松平定信は首を振った。

「畏れ入りまする」

それでも願ったのは併右衛門である。併右衛門はもう一度頭を下げた。

「立花、これからも頼むぞ」

それだけで松平定信の話が終わった。

「みょうな」

首をかしげながら、奥右筆部屋へ戻る併右衛門へ、声が掛けられた。

「率爾《そつじ》ながら、立花どのであろうか」

「さようでございまするが、ご貴殿は」

見覚えのない相手に、併右衛門は首をかしげた。

「失礼をいたした。拙者《せつしや》、寄合席《よりあいせき》の松平下野介《しもつけのすけ》と申す」

「これは……」

併右衛門は驚いた。寄合席とは、無役ながら三千石以上の名門旗本のことである。併右衛門とは格が違った。

「ご用件は……」

「正式な話は、後日とさせていただくが、まずは内々にと思っての。聞けば、貴殿には、総領娘どのがおられるとか。いかがであろう、拙者の甥《おい》を婿《むこ》に迎えてはもらえぬか」

問いかけた併右衛門への答えは、瑞紀の縁談であった。

「我が弟千五百石松平主馬《しゆめ》の次男で真二郎《しんじろう》と申す。身内を褒めるはなんでござるが、なかなかのできでの。いかがでござろう」

松平下野介が、併右衛門の顔を見た。

「今は御用中でございますれば、ここでご返事をつかまつりかねます」

「それもそうじゃの。では、あらためて人を遣《つか》わすといたそう」

押すこともなく松平下野介が首肯した。

「では、御免《ごめん》」

急いで、併右衛門はその場から離れた。

「白河さまが、それほどまでに、拙者が信じられぬか」

縁談の後ろに松平定信がいることを、併右衛門は見抜いていた。

「娘の幸せを願えばこそ、命をかけて役目を果たしておるのだ。瑞紀を人質にされてたまるものか」

併右衛門は歯がみをした。

本書は文庫書下ろし作品です

|著者| 上田秀人　1959年大阪府生まれ。大阪歯科大学卒。'97年小説CLUB新人賞佳作。歴史知識に裏打ちされた骨太の作風で注目を集める。講談社文庫の「奥右筆秘帳」シリーズは、「この時代小説がすごい！」（宝島社刊）で、2009年版、2014年版と二度にわたり文庫シリーズ第一位に輝き、第3回歴史時代作家クラブ賞シリーズ賞も受賞。「百万石の留守居役」は初めて外様の藩を舞台にした新シリーズ。このほか「禁裏付雅帳」（徳間文庫）、「聡四郎巡検譚」（光文社文庫）、「闕所物奉行裏帳合」（中公文庫）、「表御番医師診療禄」（角川文庫）、「町奉行内与力奮闘記」（幻冬舎時代小説文庫）、「日雇い浪人生活録」（ハルキ文庫）などのシリーズがある。歴史小説にも取り組み、『孤闘　立花宗茂』（中公文庫）で第16回中山義秀文学賞を受賞、『竜は動かず　奥羽越列藩同盟顛末』（講談社文庫）も話題に。総部数は1000万部を突破。
上田秀人公式HP「如流水の庵」　http://www.ueda-hideto.jp/

簒奪《さんだつ》　奥右筆《おくゆうひつ》秘《ひ》帳《ちょう》

上田《うえだ》秀人《ひでと》

2009年12月15日第１刷発行
2022年７月13日第24刷発行

講談社文庫
定価はカバーに
表示してあります

発行者――鈴木章一
発行所――株式会社　講談社
東京都文京区音羽2-12-21　〒112-8001
電話　出版（03）5395-3510
　　　販売（03）5395-5817
　　　業務（03）5395-3615

Printed in Japan

デザイン―菊地信義
本文データ制作―講談社デジタル製作
印刷―――株式会社KPSプロダクツ
製本―――株式会社国宝社

ISBN978-4-06-276522-0

講談社文庫刊行の辞

二十一世紀の到来を目睫に望みながら、われわれはいま、人類史上かつて例を見ない巨大な転換期をむかえようとしている。

世界も、日本も、激動の予兆に対する期待とおののきを内に蔵して、未知の時代に歩み入ろうとしている。このときにあたり、創業の人野間清治の「ナショナル・エデュケイター」への志を現代に甦らせようと意図して、われわれはここに古今の文芸作品はいうまでもなく、ひろく人文・社会・自然の諸科学から東西の名著を網羅する、新しい綜合文庫の発刊を決意した。

激動の転換期はまた断絶の時代である。われわれは戦後二十五年間の出版文化のありかたへの深い反省をこめて、この断絶の時代にあえて人間的な持続を求めようとする。いたずらに浮薄な商業主義のあだ花を追い求めることなく、長期にわたって良書に生命をあたえようとつとめるところにしか、今後の出版文化の真の繁栄はあり得ないと信じるからである。

同時にわれわれはこの綜合文庫の刊行を通じて、人文・社会・自然の諸科学が、結局人間の学にほかならないことを立証しようと願っている。かつて知識とは、「汝自身を知る」ことにつきていた。現代社会の瑣末な情報の氾濫のなかから、力強い知識の源泉を掘り起し、技術文明のただなかに、生きた人間の姿を復活させること。それこそわれわれの切なる希求である。

われわれは権威に盲従せず、俗流に媚びることなく、渾然一体となって日本の「草の根」をかたちづくる若く新しい世代の人々に、心をこめてこの新しい綜合文庫をおくり届けたい。それは知識の泉であるとともに感受性のふるさとであり、もっとも有機的に組織され、社会に開かれた万人のための大学をめざしている。大方の支援と協力を衷心より切望してやまない。

一九七一年七月

野間省一